VERLAG

JENIOR & PRESSLER

Ingrid M, G

27.6.99

Ingrid Mylo

Kaffeeblüten

Herausgeben und mit einem Nachwort von

Felix Hofmann

Mit Photographien von

Frank Horvat

VERLAG
JENIOR & PRESSLER

Die Deutsche Bibliothek — CIP–Einheitsaufnahme
Mylo, Ingrid:
Kaffeeblüten / Ingrid Mylo. Hrsg. und Nachw. Felix Hofmann.
Mit Photogr. von Frank Horvat. — 1. Auflage. — Kassel: Jenior und Pressler, 1994
ISBN 3–928172–35–2

Erste Auflage 1994

Diese Ausgabe erscheint im Verlag Jenior & Pressler
34119 Kassel, Lassallestraße 15

Umschlaggestaltung: Brothers Quay, London
Umschlagphoto vorn: Frank Horvat
Umschlagphoto hinten: Dieter Reifarth
Druck: Druckwerkstatt Bräuning & Rudert, 34314 Espenau
Printed in Germany

ISBN 3–928172–35–2

Inhalt

Das Vorwort zu den *Kaffeeblüten* ist eine Promenade entlang der persönlichen Bilder meiner Ausstellung, bei der Mrs. Mylo zwar nicht die Hütte der Baba Yaga bewohnt, aber sehr anders kann's bei der nicht ausgesehen haben. Sie zog es vor, das *Strandcafé* Frankfurt und abends den *Aufschwung* mit ihrem One–Woman–Dichtclub zu bevölkern, wo sie das Inventar für ihre Sottisen und ihre Liebeserklärungen erfand. Oder fand. Oder freischwebend assoziierte. Oder jemand hat ihr die eine oder andere Begebenheit erzählt. Sie hat sie veredelt mit den Ingredienzen, aus denen die wahren Genüsse des Lebens destilliert werden, aus *Löwenzahnwein* etwa, oder den Tinkturen, die wirklich helfen, wie der *Medizin für Melancholie*. Sie schrieb sich die Finger wund, benutzte einen Spezialstift mit besonders feinem Strich, um die kleinsten Hieroglyphen der Welt in das große Buch zu kritzeln, das sie immer mit sich führt und das alle paar Jahre gewechselt wird, ein Dummy von der Buchmesse — außen Umschlag — Bette Davis oder Robert Mitchum — und innen leere Blätter.

Es begann mit einem Grinsen. Zwei Jahre vor den *Kaffeeblüten*, in *Strandgut* Heft 87/08. Dem Grinsen von Robert Mitchum, "dem faulen Liebhaber, der gut versorgt wird, von einer nach der anderen".

Mylo fand heraus, daß das Rauhbein Mitchum schon als Neunjähriger Gedichte veröffentlicht hatte und später Oratorien komponierte. Wer kann schon mit derlei anregenden Kenntnissen aufwarten? Es war die Zeit, in der wir über Autoren stritten, wenn's nicht gerade um Irland, die Pogues oder Filme wie die *Vorleserin* ging. Oft waren wir uns einig, zum Beispiel über Davis Grubb, den Urheber von *Fool's Parade* und *Night of the Hunter*, womit wir wieder bei Robert Mitchum wären.

Eine Ausgabe vor der *Vorleserin*, in Heft 89/02, gelang ihr die Miniatur über den *Tigerpalast*, in den sie sich auf Anhieb vernarrte. Herz des Artikels war Mister Second Chance, Francis Brunn, der König der Jongleure aus Paris, né à Hanau, dessen Masche oder Unvermögen darin bestand, immer alles fallen zu lassen, was er in die Luft schmiß, während der gesamte Saal vor Schmerz vibrierte, bis ihm endlich sein Trick gelang. Das konnte dauern.

Für den Rest der Welt gibt es im wesentlichen zwei magische Zahlen: die 7 und die 13. Für Mylo ist es die 11, die seither sämtliche Kaffeeblüten ausrichtet — und vielleicht ihr Leben.

Wenn ich mir heute unsere Hefte von damals ansehe, röten sich meine Ohren. Ich denke, mein Gott, was waren wir schlecht. Und die einzige Absolution für unsere Sünden ist (bei allen zugestandenen Unterschieden) dieselbe wie die für Francis Brunn: wir hatten das Herz auf dem, naja, rechten Fleck, wir haben's wenigstens versucht, und manchmal hat der Saal vibriert.

Kurt Otterbacher

Kaffeeblüten

Man sitzt im Café und macht sich seine Gedanken. Draußen Preßluftgehämmer, drinnen Jazz und Rauch, im Rücken schon am frühen Mittag einen nichtigen Film, über den man was schreiben soll. Schließlich steht die Miete zum 159. Mal auf dem Spiel, und die Stadtwerke geben auch keine Ruhe. Aber dieser Streifen ist heute früh so lustlos über die Leinwand gekrochen, daß ein Verriß noch zuviel des Guten wäre. Selbst den Titel läßt man am besten unter den Tisch fallen, unter dem jetzt seit Minuten ein giftiger Köter am Kläffen ist, aufsässig und böse und immer wieder, seit einer der Gäste meinte, unbedingt sein leberpastetengeschmiertes Schwarzbrot mit ihm teilen zu müssen. Weiter hinten, wo früher mal ein Strandkorb den Namen des Cafés rechtfertigte und darüberhinaus Unterschlupf offerierte, greint ein garstiges Gör. Hunde und kleine Kinder... . Das schreit nach W. C. Fields und zwei gezielten Fußtritten, und die unbelehrbaren Fans der Früchte, die die antiautoritäre Erziehung wie Fallobst hat rumliegen lassen, dürfen gerne versuchen, den echten Bienenhonig aus meinem Teppich zu kratzen oder den gewaltigen Haufen Papierschnipsel wieder in die Kapitel 18–27 vom *Mann ohne Eigenschaften* zurückzuverwandeln.

Weil gerade mal wieder *A Day in the Life* aus dem Lautsprecher schwebt: John Lennon. Lennon, dessen Stimme zielsicher zur Sache kommt, blanke Stimme, Stimme, von der Kälte zugeschliffen wie etwas, das die Nacht über draußen auf der Fensterbank gestanden hat.

Fußball–WM '86 in Mexico. Die Ähnlichkeit von Kafka und der englischen Nationalelf. Seine Art zu schreiben und die Art, wie sie spielen. Die Sätze bei dem Tschechen: durch breite Strassen geht man, durch klare Ordnungen, Raum. Abstand zwischen den Häusern, Winterluft und Helligkeit, als würde gleich hinter der Gebäudefront das Meer beginnen. Dieselbe Klarheit bei den Engländern: Angriffe von gründlicher Einfachheit, in zwei, drei Zügen direkts vors Tor. Reine Linien. Vorhersehbar und nicht zu verhindern.

Wo vorher der Hund war, rutscht unter dem Tisch inzwischen das Kind rum. Sechs Fußpaare vor der Nase und zur freien Verfügung, vier davon offensichtlich uninteressant, weil die Stiefel einen ernsthafteren Eingriff verhindern, die anderen zwei sind rasch ihrer hemmenden Knoten entbunden. Von wem auch immer, das Kind hat was gelernt. Und zumindest einer der beiden Aufgeknöpften weiß die Leistung zu würdigen. »Also wirklich!« zischt er hinter dem sicheren *Stern* hervor, und als befürchte er, das würde dem Anlaß noch nicht gerecht werden, rundet er das Ganze mit einem aus dem Herzen kommenden

»Mistvieh!« ab. Er sollte an Edwin Moses denken. Der hat sich durch einen gelösten Schnürsenkel am linken Schuh nicht davon abhalten lassen, 1983 in Helsinki den Weltrekord über die 400m Hürden in 47'40 sec zu laufen.

Es ist ein Reden überall, als ob das Schweigen tödlich wäre. Man redet übers Wetter (»Soviel Frühling war im Februar noch nie«), übers Essen (»Der indische Reissalat ist unsagbar daneben« — »Aber die Donauwellen, definitiv die Donauwellen«), über Empfänge (»Gestern mußte ich von einem zum andern. Ich war ganz durcheinander«), übers Wetter (»Ich begreif' nicht, daß es nicht regnet«), und übers Wetter (»Mein Gott, ich bin gar nicht erkältet diesmal«). Über Filme kaum. Man spricht nicht über Filme auf einem Festival.

In dem irischen Kurzfilm *Sunday* sitzen am siebten Tag der Woche sieben Personen am Tisch und essen. Schweigend. Dann fallen vom Jüngsten der stummen Familie die sieben ominösen Worte: "Mom, have you ever had an orgasm?"

Auf der *Berlinale* kommt man schnell zum Punkt, mit wem auch immer. Eine Silberhaarige begrüßt den Erstbesten, der ihr morgens auf der Treppe im *Cine–Center* entgegenläuft, mit dem Satz: »Ah, Sie erinnern mich daran, daß ich noch Schnaps brauche.« Und hastet davon.

Ein wildes Auffiebern von Pracht und Gewalt, ein brennender Strudel, ein Rausch — vorbei: das Beste der *Berlinale* war gelaufen. Gleich am zweiten Abend. Yasuo Furuhata: *Shogun's Shadow*. Ein Samurai–Epos von blutschäumender Schönheit: grüne Hänge, Dämmerungen, Prunk und Körper, hundertfach gespickt mit Mord. Ein Windrad schwimmt verräterisch im Fluß, ein Kimono fällt von der schimmernden Schulter, und im Rücken der Reiterhorden braut sich japanische Popmusik zusammen und bricht pulsschürend über der Landschaft los. Und endlich und vor allem die sieben Heroen. Sieben, die das Leben eines kleinen Knirpses gegen ein ganzes Reich voller fürchterlicher Feinde verteidigen. Sieben, die den Tod zum Blühen bringen. Sieben, die ihrerseits dran zu glauben haben. Einer nach dem anderen. Und Junge, wissen die Sieben zu sterben!

Tiny Davis, die Frau mit der Trompete, der 'weibliche Louis Armstrong', in *Hell Diving Women*: schwarz, fett und knallend vor Vitalität. Sie lacht, sie reißt sich das Lachen tief aus der Kehle als würde sie Bäume entwurzeln, mächtige Brocken von Lachen, und am Ende der halbstündigen Dokumentation schlägt sie dann richtig zu: "I've always lived by blowing. Blowing music, get that right, dear."

Jeder will wirken, und jeder versucht, sich noch ein wenig wirkungsvoller hinzukriegen als der Rest. Zwischen Mangoparfait und glacierten Blicken drehen sie die Sätze in ihren Händen hin und her wie langstielige Gläser, Worte funkeln, Zähne glitzern kostspielig in aller Munde, und am Schluß jeder Bemerkung sitzt eine formschöne Geste aus Gips. Daß bloß keiner dagegen stößt! Leben ist Kunst und das Frühstücksei ein Würfel. Die Realität ist raus, wer Wirklichkeit will, muß auf die Leinwand gucken. *For Queen and Country*. In Martin Stellmans Film ist London photographiert, als würde man es durch ein Busfenster sehen. Und dieser Bus nimmt die Route jenseits der Sightseeing–Touren. Durch ein London, wo die schmalen Grasstreifen zwischen dem Beton an ausgebrannten Autowracks, verbogenen Einkaufswagen und Müll schwer zu tragen haben. Ein London, wo die Häuser nichts sind als ein System schlechtbeleuchteter Flure, Passagen und Unterführungen: gekachelt oder grob verputzt oder zementiert, immer aber graffitizerfressen. Ein London, wo die Wohnungen so häufig einem Einbruch unterzogen werden, daß die heimgesuchten Bewohner die Sache mit einem

Schulterzucken abtun. Wohnungen, in denen die Aschenbecher voll und die Whiskyflaschen leer sind. Und im Laufstall spielt die Dreijährige mit der Beinprothese ihres arbeitslosen Vaters.

Die meistgestellte Frage am letzten Tag der *Berlinale*: »Haben Sie schon Ihren Schlüssel zurückgegeben?« Und ein guter Rat für die Zukunft aus *The Laserman*: "An honest gentleman should never stand next to a pig."

"'Der Frühling ist die gräßlichste Jahreszeit', sagte er und ging ins Café." Thomas Mann, *Tonio Kröger*. Weiß Gott, Adalbert, der Novellist, ging ins Café. Ins Café, wo er vor allen Anfechtungen, die in der milden Luft lagen, sicher war. Ins Café, wo die Dinge, und mit ihnen alle großen Probleme der Welt, wieder an ihrem Platz waren. Auf jedem Tisch ein Aschenbecher. Überschaubarkeit. Mit einem Café zur Hand hat man die Möglichkeit, allem zu entkommen. Die Rettung am Ende der Straße. Der Ausweg. Land in Sicht. Mann schien zu wissen, wovon er in seinem Roman schrieb: "Das ist neutrales, vom Wechsel der Jahreszeiten unberührtes Gebiet. Wissen Sie, das stellt sozusagen die entrückte und erhabene Sphäre des Literarischen dar, in dem man nur vornehmer Einfälle fähig ist ... ."

»Weißte«, sagt einer im *Strandcafé* entrückt und erhaben, »ich würd gern mal mit Wucht auf meinen Vermieter spucken. Von ganz oben vom Treppenhaus runter.«

Im *Tigerpalast* sitzt das finnische Konsulat an drei zusammengeschobenen Tischen fahl und gefaßt der Heiterkeit der Nacht gegenüber. Champagner, Gardenien — and a touch of mink. Für den Zauberer zückt das Publikum Tausendmarkscheine wie Einwegfeuerzeuge. Die Lämpchen glühen, man freut sich des Lebens. Oben auf der Bühne steht Andrew Allen im Goldregen seiner Bälle, grinst wie ein Lausbub und sticht blitzschnell gelbe Muster in die schwarze Luft; Sterne, denkt man, könnte man aus dem Theaterhimmel reißen, da, wo er von dem Jongleur so furios gestanzt worden ist.

Und dann singt sie doch, Georgette Dee, schlüpft endlich aus dem schmalen Spalt zwischen den Nummern, in dem sie die erste Hälfte des Abends im *Tigerpalast* am Glitzern war, und lehnt in melancholischer Wut vorne rechts am Bühnenrahmen: eine der Pariser Damen unter einer Laterne, wenns die Nacht über nicht besonders lief, und jetzt ist es früh und kein Freier mehr unterwegs, und die Reinigungswagen spritzen den Straßendreck hart gegen die Rinnsteine. Und Georgette lehnt da und singt, ihr Arm räkelt sich fort von ihrem Körper und über die schwarze Wand, ihre Hand schiebt sich um die Ecke, flach wie ein Schlangenkopf und hebt sich und läßt sich mit dem Zustoßen Zeit. Das finnische Konsulat knipst nervös an den Tischlämpchen rum, einer hat sich drei Fingernägel auf einmal zwischen die Zähne gesteckt und beißt zu.

Daß das Werkstattkino *mal seh'n* ausgerechnet neben einem Blindenheim liegt, hielt ein Freund aus London für einen der besseren Witze (»So the German humor is improving.«). Schön wär's. Was nach Kühnheit und Grandezza aussieht, ist ganz zufällig durch einen Umzug entstanden.

Wim Wenders ist jederzeit gut für einen neuen Streifen Seelenweh mit Prädikat 'besonders wertvoll', in dem sie dann schön photographiert an ihren Ehrlichkeiten leiden oder sich ihre Reinheit neben dem Sonnenuntergang einrahmen. Auf der anderen Seite weiß er Ozu zu schätzen und die Kinks und hat immerhin *Alice in den Städten* fertiggebracht. Rüdiger Vogler, der so scheu darin grinst wie Gary Cooper in *Mr. Deeds Goes To Town*, und das Kind an seiner Seite, das gültige Maß, das ihm erst recht die ruhige Größe gibt: zu ihm kommt man gelaufen, wenn man sich die Knie aufgeschlagen hat oder wenn rauhere Tage Trost erfordern.

Bei Mann sind sie in den Cafés verschwunden aus Angst vor zuviel April oder Mai. Einer meiner Freunde, der es sonst ganz tapfer in seiner Ecke mit jedem Krimi aufnimmt, ißt Salat grundsätzlich nur draußen in Gesellschaft, weil er allein zuhause zuviel Angst vor den Vitaminen hat. Am Tisch gegenüber reden sie von Waffen: »Klar, für dich is' es kein Problem, so'n Ding zu kriegen. Aber versuch mal als einfache Hausfrau, an 'ne Neun–Kaliber zu kommen.« Und der Weg zum Klo führt an zwei Figuren vorbei, die eh so aussehen, als hätten sie ihre Neurosen daheim auf dem Wohnzimmertisch in der Vase stehen, und jeden Tag geben sie frisches Wasser dazu: »Man kann ganz schön Angst vor den Zeitungen kriegen.« — »Wegen der Verbrechen? Das ist doch normal.« — »Nee, das mein' ich nicht. Aber wenn die im Dunkeln so rascheln.«

Nochmal auf einen Satz zurück zur *Berlinale*. *Looking for Langston* — glossy, gay und zuviel Cellophan, das halbe Publikum hat den berühmten Ring im Ohr, und leider hatte ich den Anfang des Gesprächs der beiden vor mir nicht gehört, bevor der rechts seine Stimme erhob, als würde er mindestens das Trumpf As aus dem Ärmel ziehen: »Nein, aber ich hab' schon mal eine Frau ausgezogen, die ich nicht kannte!«

London, *Café Casbar*. Weißgestrichene Backsteinwände, grauer Boden, ein bißchen dunkles Holz, ein schmales Band Silber streift die Theke entlang, die Stühle sind dunkelblau, und auf jedem der runden weißen Tische steht ein kleines Bündel Osterglocken, eine Schale mit grobem, braunem Zucker, Milch und Salz. Pfeffer auf Anfrage, und 'death by choc' ist für £ 1.50 ein verhältnismäßig billiger Tod, ein süßer dazu. Um die Ecke ist eine Kunstakademie, gegenüber eine Galerie, zwei Eingänge weiter ein casting studio. Also: angetan mit schwarzer Kleidung, laut klingelnden Bewegungen, und vor allem angetan von sich selbst, können sich die Gäste hier nicht einfach mit ihrem einmaligen Vorkommen zufriedengeben: sie besichtigen sich gegenseitig und auf Stapeln von Fotos. »I like that one!« kreischt ein zugegeben attraktiver Grauäugiger, als er flach hingestreckt am Strand auf Hochglanzpapier die Runde macht. Ein anderer versucht angestrengt, sich in der verzerrenden Chromkanne wiederzuerkennen. Es fehlt eindeutig an Spiegeln in dem Café.

»Die meisten Linkshänder gibt es in England«, hat eine erfahrene Künstlerin festgestellt. Ich weiß nicht mehr, was zu dieser definitiven Bemerkung führte, oder wovon sonst noch die Rede war. »Die meisten Homosexuellen Europas übrigens auch«, setzte sie jedenfalls nach. Nicht, daß da irgendein Zusammenhang wäre. Aber man fängt an, nachzudenken. Und wenn man sieht, mit welcher Eleganz sich der Junge an der Theke das letzte Stück Shepard's Pie zwischen die Lippen schiebt, nachdem er den Kuli aus der linken Hand gelegt hat ... . Und der mit der grünen Krawatte, der sich über den Tisch lehnt und seinem Freund über den Kopf streicht, hat seinen Bananenkuchen mit links erledigt ... . Und war Oscar Wilde Linkshänder? Paul McCartney ist's, aber ist er schwul? Und hat Caravaggio seinen Pinsel links geschwungen? Gut, das war kein Engländer, aber man kann schließlich nicht immer alles haben.

Sunday, Bloody Sunday geht gerade im Milchschaumzischen unter, weil natürlich genau dann einer seinen großen Cappuccino haben muß, wenn U2 mit ihrer gloriosen Battle

Hymn auf die Menschheit runterkommen. In *Rattle and Hum*, dem Film, wie er dasteht, oben, vor seinen Fans, Bono, hart am Rand der Bühne, am Abgrund, der Sänger vor der Welt, allein. Wie er dasteht und ihnen das Mikro entgegenhält, die Hostie, flach auf seinen zu einer Schale gemuldeten Händen, streckt er es ihnen entgegen: seht, der Leib Christi. Wie er dasteht und es für uns alles auf sich nimmt, wie er sich durch die Lieder leidet. Und wie scheißegal das ist: nach spätestens einer Viertelstunde sind sämtliche berechtigten Beanstandungen zum Teufel, die Musik hat es geschafft und ist Fleisch geworden und erlöst uns von unseren Sünden.

EVERY 6 SEC AN ANIMAL DIES IN A BRITSH LABORATORY steht in drohendem Rot auf dem T-Shirt eines

Früchteteetrinkers, der unter seinem Pony hervorschielt wie ein geprügelter Hund, dem es noch weiter an den Kragen gehen soll. Ja, es gibt immer einen Grund für persönliches Engagement.

Zum ersten Mal haben sie jetzt Wimbledon an die Privaten verkauft. Kein Wilander dieses Jahr für mich auf dem *Center Court*, kein Lendl. Aber der, dem ich wirklich gern mal wieder beim Tennisspielen zusehen würde, wird es wohl sowieso nicht so weit nach vorne bringen, also wäre das Vergnügen eh nur von kurzer Dauer gewesen. Anders Jarryd, anmutig, kostbar und verletzlich wie ein Balletteleve aus dem ausgehenden vorigen Jahrhundert: geneigter Kopf, gesenkter Blick, schwarzer Rollkragenpullover, und irgendwo im Dunkeln muß eine Kerze brennen und etwas Schimmer auf seine hellen Haare legen. Jedenfalls, seine Aufschläge sind bemerkenswerte Dinger und seine Passierbälle perfekt durch die Luft gezogen, elegante Geraden, zeitlupenhaft: ein Schwan, der seinen Kopf hebt und den Hals streckt, ruhig und hoheitsvoll nach vorn, und genau an der Außenlinie senkt er ihn und taucht den Schnabel ein ...

An einem der quadratischen, unverrückbaren Zweiertische in einem der zahllosen *Garfunkel's* nimmt es inzwischen die Tochter in die Hand. »Trink deinen Tee aus«, herrscht sie ihren Alten an und schüttet ihm zum dritten Mal die Tasse voll. Und zum Teufel mit seinem Protest. »Du hast ihn bezahlt, da läßt du ihn nicht stehen«, sie bleibt unerbittlich, »denen schenk' ich doch nichts.« Der Alte trinkt. Vielleicht ist es auch nicht die Tochter.

Nördlich von Covent Garden gibt es hinter einem Rettet-die-Welt-Laden eine Art Naturkost-Café, natürlich vegetarisch, die Ausgezehrten und Eingefallenen kriechen hier zusammen, bleich und hohlwangig und leidend hängen sie rum und schauen jeden, der reinkommt, an, als sei er persönlich für ihre privaten Magenschmerzen verantwortlich. Man fühlt sich wie der Sonntagnachmittagbesuch in einem Sanatorium. Es gibt keinen, der so griesgrämig und ungesund aussieht wie die Kreaturen, die sich gesund ernähren.

Und die Erinnerung an jenen Nachmittag in *Kew Gardens*: an das viele Hell-, Dunkel-, Bitter-, Grau- und Silbergrün, an den stolz in Gips vor sich hergetragenen Arm eines mageren Schuljungen, an die Hitze, die man mit der Schwüle in den Gewächshäusern kaltstellte, an die weißgepuderte Dame, die mit einem entsetzten »nein, nein, da sind ja wieder Kalorien drin« die Annahme der angebotenen Schokolade verweigerte und statt dessen weiter an ihren Erdnüssen kaute, an die Flugzeuge, die alle paar Minuten im Himmel rumrumorten, als litte er an ernsthaften Verdauungsbeschwerden, an die merkwürdig gesternten lilafarbenen Früchte unter dem unbekannten Baum, nach denen man sich neugierig bückte: und dann klebten sie ganz eklig an den Fingern, und auch der Geruch war nicht ohne, und trotzdem traute man sich nicht, sie einfach wegzuschmeißen, weil man sie als Erinnerung behalten wollte ...

Sie haben es nicht verlernt. Nach wie vor fädeln sich die Engländer an den Haltestellen mit großer Sorgfalt und Disziplin hintereinander, um dann rasch und spurlos in den vorbeistreifenden Bussen zu verschwinden wie die schmerzhaft feinen Striche Kokain in den Nasenlöchern. Am letzten Samstag im April standen sie in einer zielstrebigen Linie die ganze Charing Cross Road entlang und versickerten Stück für Stück in einer der vielen Buchhandlungen. Alles wegen Sting, der dort ebenso bereitwillig und geduldig Autogramme gab und Hof hielt. Netter Mensch, dieser singende Lehrer.

Diesmal Dublin, und diesmal gleich mitten rein: in dem kleinen Lokal, in dem wir abends eigentlich essen wollten, trieben sich noch Reste einer privaten Geburtstagsfeier rum, aber in zehn Minuten sei es soweit, sagte einer der vier Kellner in Grün und Weiß, und wenn wir schräg gegenüber im Pub noch schnell einen trinken wollten, würde er uns holen kommen. Das klang brauchbar genug, also rüber in den *Auld Dubliner*, wo sich ein trüber Zigeuner mit letzten Reserven über dem Tresen hält, und ein alter Ire starrt sich abgefunden im Spiegel an und überlegt, ohne wirklich interessiert zu sein, an welcher Ecke seines Lebens er die falsche Abzweigung genommen hat. Im Fernseher singen irgendwelche Dixons oder ähnlich lautende Popgrößen eine

Hymne auf Ingrid Bergman. Einer der schweren Trinker vor dem Herrn will den Ton kräftiger, und ein anderer will es leiser haben, und der mit dem Thunfischrest im Bart will ein ganz anderes Programm. Ah–ah. Da ist was unterwegs. Um den aufziehenden Streit am Ausbruch zu hindern, zieht der Wirt mit wahrhaft salomonischer Größe den Stecker raus: und das ist der Augenblick, wo die ersten half pints gegen die Spiegelwand knallen. Der Scherbenregen reicht, ganze Dynastien über Generationen hinweg mit Unglück zu versorgen. Und das ist erst der Anfang. Die Theke offeriert eine hübsche Batterie von zerbrechlichem Nachschub, der ohne falsche Zurückhaltung seine kriegerische Verwendung findet. And fock ye, and the focking telly, and Oi dun give a fock. Und wozu sind Barhocker da, wenn nicht, um den Weg aller Gläser zu gehen? Hallelujah, the thrills. Das ist nicht wirklich. Das kennt man aus Western und Western, *Destry Rides Again*, das kann keinen beeindrucken. Zuschauen, entspannen, und wo, bitte, ist der Notausgang?

Der Kaffee in Irland schmeckt — und zwar in schöner Übereinstimmung nahezu überall — wie etwas, womit man Holz einpinselt, um das Ungeziefer fernzuhalten.

Und wenn man aufs Klo muß und dann dumm vor zwei Türen mit den Aufschriften MNÁ und FIR steht, verhelfen einem die drei gälischen Worte, die von Postkarten und Taxifahrern immer wieder als Willkommensgruß aufgeboten werden, auch nicht zu einer Entscheidung. Man muß es halt ausprobieren. Und es ist immer anders rum.

Trinken in Irland ist eine ernsthafte Angelegenheit, man geht schließlich nicht zum Spaß in die Pubs oder um (wie in deutschen Kneipen) jedem das Unverständnis der übrigen Wohngemeinschaft ins Ohr zu kippen. Trinken ist ehrliche Arbeit und hat sauber verrichtet zu werden, wenn was draus werden soll. Andernfalls ist es vertane Müh. Und immer ist dabei auch Eile im Spiel: "Have a *Heap* before the Vikings drink us dry." Und vor allem, bevor es elf schlägt, denn danach geht nichts mehr.

Wenn man durch Irland fährt, quer zu so viel Landschaft, die für acht Minuten wie die Illustration zu Eliots *Waste Land* aussieht: Steine und Nichts und zur Schwärze abgebrannte Erde, und sofort hinter dem Nichts rauscht der Wildbach, und die Wiesen sind grün und stehen bis zum Hals in gelben Blüten. Und dann kommt Hochebene mit vom Dauerwind schief gekämmten Bäumen und zwei Minuten später was Mediterranes, und die Idylle mit Wäldern und Seen hinter der nächsten Ecke könnte genausogut in der guten Stube über dem Sofa hängen. Soviel Panorama schreit nach einem anständigen Soundtrack, in dem die großen Brocken rumliegen und die Verheißung die flachen Himmel vorsichtig rötet.

Auf den schäbigen Sitzen des *Marks Bros. Café*, denen der Schaumgummi aus dem geplatzten und geschlitzten Kunstleder wuchert, haben wir mit zwei Stammgästen nach der berauschenden Wirkung von drei Bechern Löwenzahnkaffee die unterschiedlichen Grade von amerikanischer, englischer und irischer Freundlichkeit rausgefingert. Die Freundlichkeit der Amerikaner hat nichts zu bedeuten und ist bestenfalls das Schmieröl, das einen glatter durch die zwischenmenschlichen Verknüpfungen rutschen läßt. Der abergläubische, konditionierte Griff zur Ketchup–Flasche: und drauf auf die Beziehungen, damit man nur ja keine Schwierigkeit schmeckt. Die Freundlichkeit der Engländer, die in dem Augenblick, wo sie geschieht, alles heißt, die wirklich den meint, an den sie sich richtet, ohne Fragen, ohne Bedingungen, aber auch ohne Konsequenzen. Das hat was Leichtes und Direktes und Befreiendes und hat neben der Freundlichkeit was mit Fairneß zu tun, die nach wie vor und unausrottbar 'England's Favourite Sport' zu sein scheint. Die Freundlichkeit der Iren ist keine: bei ihnen muß es gleich Freundschaft sein. Wenn ein Ire erstmal zulangt, dann hinterläßt das blaue Flecken. Ein Leben lang.

Japaner sind formvollendet und höflich bis zum Anschlag und unentwegt damit beschäftigt, dieses Bild bis in alle Ewigkeit zu bestätigen. Der japanische Tourist, der sich in dem ehemaligen Vernichtungslager Birkenau bestens auskannte (er war schon das zweite Mal hier), gab einem anderen Besucher ein freundliches »Enjoy it« mit auf den Rundgang.

Manchmal hat man Glück und gerät in einen Film, der ist so schön, daß man für immer darin hockenbleiben möchte. Ich war schon eine ganze Weile nicht mehr in so einem. Zuletzt (und schon zum achten Mal) war es Frank Capras *It's a Wonderful Life*: Küsse im abendlichen Garten, Eis und Tabletten im Drugstore, Heirat, Löcher im Dach, Weihnacht und Tränen, und dann strömen all die guten Nachbarn zur Rettung herbei und graben aus ihren Taschen zerknüllte Dollarscheine. Und der Schnee fällt künstlich und dicht wie in den Glaskugeln (von denen eine Orson Welles am Ende von *Citizen Kane* aus seiner hängenden Hand rollt). Ja, es ist wunderschön, jedes Jahr wieder, und James Stewart gibt einem den Glauben an die Menschheit zurück.

Ein leerer Samstagnachmittag im Südosten Londons. Fabriken, in die Knie gegangen wie Elephanten nach dem Todesschuß, rußiges Unkraut in betonierten Höfen, Öllachen, desolater Ort. Die raschen Schritte ziehen raschelndes Papier hinterher, und man dreht sich erschrocken um: nein, es folgt einem niemand. Hinter dem Fenster einer Backstube sind die Regale abgeräumt, kein Brot mehr, keine Brötchen, an der Kasse sitzt eine zersorgte Frau über einen Briefbogen gebeugt. Sie hat längst aufgehört zu schreiben, Tränen laufen ihr übers Gesicht, Italien ist weit und die Wohnung dunkel, in die sie jeden Abend kriecht. Sie sitzt und starrt, und ihr Blick kommt nicht an. "Wenn arme Leute nachdenken", schreibt Rilke in *Malte Laurids Brigge*, "soll man sie nicht stören. Vielleicht fällt es ihnen doch ein."

Manchmal (und besonders, wenn es gegen Winter geht) will ich vor allem in London sein. So sehr, daß es eigentlich genügen sollte, einfach die nächste Ecke zu nehmen, um in der Union Street rauszukommen. Klappt aber nie. Also holt man sich eine Prise Trost, wenn man im Café durch die Zeitungen stöbert, schauen, was los ist dort drüben, was die Verrückten in der Zwischenzeit wieder alles fertiggebracht haben. Leider versagt ausgerechnet die *FAZ* völlig, wenn es um die britische Metropole geht. Was von dort ins Blatt sickert, ist nichtssagend adrett. London? Welches London? Ich weiß nicht, was die 'Korrespondentin' da drüben treibt (vielleicht knabbert sie bei irgendwelchen festlichen Anlässen wohlerzogen an Salzstangen oder Fingernägeln), ihre Sätze jedenfalls geben genausoviel Aroma und Farbe ab wie Teebeutel, die eine sparsame Hausfrau paarmal zu oft in heißes Wasser gehängt hat. Kann sein, das gilt bei irgendwem als vornehme Zurückhaltung.

Ella singt *I Wish I Were in Love Again*, es ist Sommer (ich meine richtig Sommer), die halbe Stadt ist auf und davon, und im Café liegen zwischen dem eigenen Platz und dem am Fenster, wo ein geschwätziger Dreier mit Schäferhund Eddys Schicksal diskutiert, genug leere Tische, so daß von den aufgeregten Wichtigkeiten nicht mehr als das schläfrige Gedümpel am Pier festgemachter Silben übrigbleibt. Ella singt von der Konversation fliegender Teller zwischen Liebesleuten, die zweite Kanne Pfefferminz mit Earl Grey steht vor einem, ein prüfender Blick über die Straße in den Gemüseladen bestätigt, daß es noch ausreichend rote und grüne Paprika gibt und man sich mit dem Teetrinken Zeit lassen kann, und ein ganz anderer Sommertag ist plötzlich da, Jahre her, aber sonst ganz ähnlich. Auch damals hat Ella gesungen, auch damals waren alle Freunde in Amalfi oder in Moskau oder an der nordspanischen Küste, auch damals wurde ringsum das Pflaster aufgerissen, und *Don't Fence Me In* singt Ella, und alles fällt einem wieder ein. Ach, wenn die Zutaten stimmen, kann man sich so schön erinnern im Café.

Und irgendwie und ohne jeden Zusammenhang fällt mir Kurt Tucholsky ein, der zu einem ganz strengen, ganz bösen Mann am Fahrkartenschalter immer sagen möchte: "Na, was haben Sie denn so für Billets — ?"

Ein Geruch setzt am ehesten Erinnerungen frei, schneller als ein Geräusch, unmittelbarer als ein Bild. Ein Geruch kann den sichernden Abstand zwischen damals und heute wegfressen wie nichts, und man stürzt Ewigkeiten zurück, und es gibt nichts zum Festhalten. Man läuft eine Treppe hoch, und von den Stufen fällt ein Aroma von vorsichtigem Moder, nach Tannenzapfen riecht es, nach Weihrauch und Feuchtigkeit: und ein später Novembernachmittag auf dem Friedhof weht auf. Alte Frauen, die trockene, braune Blätter aus dem Efeu lesen, der Gang mit der Gießkanne vom Grab zum Brunnen und der Rückweg, der zuverlässiger in der Irre endet als jeder noch so kunstvoll verrätselte Pfad eines Irrgartens, das kleine Holzkreuz mit dem

Namen Bruno, die bunten Tafeln an der Friedhofsmauer mit den phantasievoll genauen Vogelzeichnungen, die fabelhafte Blonde im Hosenanzug, die ihren Strauß Gladiolen auf dem hohen Grabstein abstellt wie ein geleertes Champagnerglas auf der Theke ...

Die Schirme werden immer bunter, es gilt, dem Regen etwas Farbe abzugewinnen. Ein besonders roter erinnert mich an Silvano, den Zauberer, der letztes Jahr im *Tigerpalast* die Gläser tanzen ließ. Nicht bloß tanzen. Er entriß sie dem Nichts mit der furiosen Genialität eines Künstlers, der 38 schlaflose Stunden hinter sich hat und es jetzt erst recht vollbringt. Kaskaden von Gläsern, ein funkelnder Wirbel, völlig aus der Luft gegriffen. Und nicht bloß Gläser. Brennend rot stieg es in ihnen auf und leuchtete und leerte sich wieder, in die Jackentasche, ins Ungefähre, in schiere Geschwindigkeit, und es blieb keine Spur. Und Silvano lächelte konzentriert und hielt das nächste Glas in der Hand und hörte nicht auf, es zu füllen, und »Mann«, stammelte der Gin–Tonic–Trinker hart an der Bühne andächtig, »so einen müßte ich bei mir zu Hause im Wohnzimmerschrank haben«.

Lange Regennächte ziehen unausweichlich die Erinnerungen hoch wie heulende Kinder den Rotz in der Nase. Dann hört man auf zu lesen und denkt an Dinge, die schon so lange her sind, daß sie ganz verblaßt und dünngepreßt wie Blumen zwischen den Seiten des Gedächtnisses liegen. Und man ist versucht, alte

Freunde irgendwo da draußen in der Welt anzurufen. Man sollte dieser Versuchung widerstehen. Man sollte die Hand vom Hörer und es mit der Erinnerung genug sein lassen. Es endet selten gut.

Rotkarierte Wachstuchdecken auf großen runden Tischen, Kaffee für 45p in Plastikbechern aus der Thermoskanne, Fenster bis zum Boden, Gespräche über gerissene Spaghetti–Träger, Engagements und signifikante Zwischenfälle hinter der Bühne (»Ich kann es immer noch nicht fassen, daß es wirklich Dustin Hoffman war, der mir auf den Fuß getreten ist ... «), Plakate von Restaurationskomödien und Selbstbedienung: und direkt vor dem Café des *Young Vic* steht einer der inständig roten Briefkästen Londons. Der mit den zwei Schlitzen (2nd class / 1st class & overseas), die den arglosen Briefeschreibern hartes Nachdenken und eine mannhafte Entscheidung abverlangen. Und man sitzt, trinkt das mit instant coffee aufgepulverte heiße Wasser und sieht dem Zaudern und dem Zögern da draußen zu. Als ob — erstmal im Kasten — nicht alles eins sei. Von dem pünktlich leerenden Postbeamten der Königin wird man eines besseren belehrt: die diversen Kartengrüße haben sich durch den entsprechenden Einwurf tatsächlich in zwei Drahtkörbe sortiert. Und werden erst jetzt in einen großen Sack zusammengeschüttet.

Die Hölle ist ein klassischer Ort. Und es gibt diesen Witz von dem Ungläubigen, der sein Leben in rauschender Sünde verbracht hat und jetzt mit dem Schlimmsten rechnet. Statt dessen kommen wahre Wunder des Genusses auf ihn runter, er kriegt was geboten für seinen Tod. Bis er auf seinen Streifzügen durchs satte Vergnügen auf genau das trifft: Feuer und Folter und zum Himmel schreiende Seelen. Dem armen Sünder wird bang, aber »Keine Angst«, winkt der Teufel ab, »das hat mit dir nichts zu tun. Das ist die Hölle der Christen. Die wollen das so.«

Der Schulhof ist der mythische Ort der Niederlage. Grauer Ort, Steine in Schneebällen, Kakaoflaschen, Mutproben, Ort, der es einem beibringt. Außerhalb, im Klassenzimmer, zu Hause, die Lehrer, die Eltern, die vom Stockwerk drüber: das zählt nicht. Im Schulhof steckt man es von seinesgleichen ein: das tut weh. Das in den Rücken gezischte Versprechen am Ende der Physikstunde: »Warte nur bis zur Pause«, das halbe Hörnchen in der Pfütze, die abgerissene Anorakkapuze, und der das heulende Opfer ausweglos umgebende Kreis skandiert in eiferndem Jubel: »Pe–ter ist ein Ho–sen–schi–sser, Pe–ter ist ein Ho–sen–schi–sser.« Ort, auf den Bruce Lowerys resignierter Satz aus der *Narbe* zutrifft: “Man wird aller Dinge einmal müde, selbst der Grausamkeit — eine große Erleichterung für die, denen sie gilt.”

Schubladen. Nicht die im Kopf für die Aschenbrödel–Mentalität. Die konkreten, die man rauszieht: und dann sind Gummiringe drin und Kulis, die nicht mehr schreiben, und angebrochene Schokolade und zwei Münzen aus Irland vom letzten

Urlaub. Schubladen wie Hosentaschen, in denen man alles mögliche findet. Schubladen, in die die Kinokarten wandern und die Karten von dem Randy Newman–Konzert, das man zusammen mit dem Freund besucht hat, und die drei Muscheln, nach denen er sich am Strand von Bacarès gebückt hat; und wenn man erstmal anfängt, die leeren Zigarettenschachteln von ihm dort zu horten, ist es nicht mehr weit, bis man um seine Briefe die rosafarbene Schleife schlingt. Daß man die gemeinsamen Minuten in Form von kleinen Gegenständen aufzuheben versucht, ist immer ein Hinweis, daß man das Ende schon im Blick hat: die Schublade ist das Netz unter den letzten Augenblicken, das diese bunten Belege der Liebe auffängt. Für die Nächte danach. Und es sind die Schubladen, wo unter der Wäsche und den gefalteten Taschentüchern der Revolver ruht.

Dann trifft man einen alten Freund aus Berlin in der Kneipe an der Ecke, und mitten in der Unterhaltung über Maler, Poeten und Damen liegt plötzlich der Satz: »Du kannst mir auf die Frikadelle kacken, da knabber ich dir den Rand immer noch ab.«

Gegen Morgen, wenn sich die Feier in kleine Gruppen zerbrockt hat, wenn das Zimmer von Bewegungen verschliert ist wie eine schlecht geputzte Scheibe und die Bemerkungen ins Ungefähre gehen: dann die Zuflucht in die Küche. Es gibt keinen perfekteren Ort. Auf dem gefliesten Boden kann man mit den Gedanken gegen sich selbst Schach spielen, die kümmerlichen

Reste in den Plastikschüsseln und die kalte Kartoffelsuppe schmecken jetzt erst richtig gut, und der, der den ganzen Abend über schweigsam und dekorativ wie ein verschrumpelter Luftballon im Türrahmen hing, läuft nun zu großer Form auf.

Fußball–WM Mexico 1986. Originalton Beckenbauer zum Linienrichter im Spiel Dänemark — Deutschland: "Ein Ahnungsloser, der keine Ahnung hat, ein Australier, ein Blinder."

Abwesenheit. 'Wish you were here.' Aber manchmal eben auch nicht. Manchmal braucht es die leere Stelle am Frühstückstisch gegenüber, damit all das ungeordnet herumliegende vage Verlangen in klingende Worte gesammelt, auf eine Postkarte gedrückt und an die ferne Geliebte geschickt werden kann. Gelegenheit, ein wenig milde Trauer zu zelebrieren, zu genießen wie alten, dunklen Wein, der im geschliffenen Kristall der Tränen kostbar funkelt.

Beim schnellen Schalten durch die Öffentlichen und Privaten an was Japanischem hängengeblieben. Schwerter, Samurai und schwarzes Irrlichtern im Schutz der Bäume, und dann prasselt die Luft, und die scharfgezackten Tode stecken tief in den Stämmen. "You don't have to cut a man in two to kill him, you know", versichert der Kommentator gutmütig. Und als es um Ehre und Harakiri geht, beruhigt er freundlich: "Nowadays

Japanese commit suicide no more than other races." Auch im Osten ist die Gute Alte Zeit also vorbei.

Ausweg. Es gibt keinen mehr. Die Paradiese sind verloren, und nicht mal die findet man. (In Venedig haben wir die Suche nach der Jazzkneipe *Paradiso Perduto* nach stundenlangem Umherirren in nächtlichen Gassen schließlich aufgegeben.) Alle Möglichkeiten zur Flucht verstellt. Wohin man sich auch wendet, die Katastrophe war schon vor einem da und hat ihre giftigen Spuren hinterlassen. Im Zeitalter der fortschreitenden Verseuchung wird man von überall gleich wieder aufgescheucht und sucht das Weite ohne Erfolg. Selbst wenn man den Blick gottergeben wie Genscher zum Himmel hebt, vorbei. Von dort starrt es böse zurück. Schrottige Sputniks, ausgebrannte Satelliten, Abfall, Dreck und Raketenschrauben: der Weltraum, eine allmächtige Mülldeponie. Und was glänzt, sind nicht unbedingt die Sterne.

Holland. In der billigen Pension auf Seeland mit dem Goldfisch und dem Wellensittich und den Gummistiefeln am Treppenaufgang, und zum Frühstück hausgemachte Erdbeermarmelade im Gemeinschaftsglas und die kostenlosen Kommentare des Herrn aus Ulm über die barbarischen Bräuche, die sie hier, so weit weg von zuhause, ungestört pflegen. Er hat dieses schuldbewußte Gesicht, nach dem man sich immer zuerst umdreht, wenn einer im Raum eine Stinkbombe geschmissen hat. »Das gibt mir zu denken, das muß ich schon sagen. Daß die hier keine Blumen auf den Friedhöfen haben. Nur Steine, so gar nichts hübsches Grünes wie bei uns. Das ist doch traurig, den Toten nichtmal die letzte Ehre zu geben.« Die Frau aus Ulm teilt ihres Gatten Ansicht über die sonderbaren Niederländer, so wie sich das für ein wohlverheiratetes Weib gehört. »Na bitte, da kommt auch der Betrunkene wieder, genau wie gestern. Schon am frühen Morgen sind die hier besoffen.« — »Das ist der Sohn von unserem Nachbarn«, sagt die Wirtin und stellt die zweite Kanne Tee auf den Tisch, »er ist schwerbehindert.« Das Paar aus Ulm rührt streng in seinen Tassen, und als die Hausherrin wieder draußen ist, züngelt die Ulmerin: »Das ist genau, was ich so gut leiden kann. Sich heimlich ranzuschleichen.« — »Und das mit der Behinderung«, pflichtet der Ulmer bei, »glaub' ich auch erst, wenn ich das Attest sehe.«

Spät, wenn nur noch einer wie ein zwischen den Felsen hängengebliebenes Stück Strandgut in der Kneipe hockt, und sie fangen an, die Stühle um ihn herum hochzustellen. Diese unzähligen dünnen, hilflos nach oben gestreckten Beine, die es aufgegeben haben und starr stillhalten. Aber es ist auch was Unnachgiebiges in ihnen, Käfer auf dem Rücken, die sich totstellen, um die Attacke der Nacht sicher zu überstehen.

Nach dem, was da in den Cafés mal wieder so alles rumhockt, muß heute Sonntag sein. Da kriechen die letzten Asseln unter ihren sicheren Steinen vor und reden über Brillengestelle (»Sechzehn hab' ich an einem einzigen Vormittag aufprobiert, kannst du dir das vorstellen?«), über Telephonverbindungen (»Ich sag' dir, da gibt's eine Verschwörung bei der Post. Ist dir nicht aufgefallen, daß auf der anderen Seite nie das aus dem Hörer kommt, was du auf der einen reingesprochen hast?«) und über den professionellen Umgang mit gefährlichen Situationen (»Ich kann einem Hund mit den Oberschenkeln das Genick brechen. Warum soll ich also Angst vor Hunden haben?«). Sie machen Karriere und tragen immer noch diese karierten Hosen, die aussehen, als würden sie im nächsten Moment auf der Wiese ausgebreitet, und ein Picknick findet darauf statt. Sie fragen nach Weißherbst, begnügen sich dann mit *MiniMumm* und zahlen getrennt. »Man muß sich befreien von den alten Sachen«, fordert eine parfümverstärkte Freizeitpsychologin und bürstet sich energisch über den rechten Pulloverärmel, daß das Angora nur so staubt. »Nimm noch ein bißchen Zucker rein«, rät der gefegerte Krawattenträger am großen Tisch, »die machen den Kaffee hier ziemlich stark.«

Regen, Regen und dann wieder Regen. Die Nächte werden undicht, Feuchtigkeit sickert durch den Schlaf und dringt in die Träume. Elender Novemberanfang voller nassem Laub und grauem Licht und Stunden, trüb wie die Tümpel im Buchschlager Wald. Und der Geruch nach Sommer von irgendwoher: als hätte man von der Sonne getrocknetes Gras in der Schreibtischschublade; das kleine, fremde Zimmer in Lewes, die offene Reisetasche auf dem Stuhl und die dürre Hitze, die nachts in den Schränken raschelt.

Einmal mehr sind es die Einzelheiten. Die verrutschte Brille auf dem Gesicht des Erschossenen; die tonlos aus der Jackentasche schliddernden Bleistifte des überfahrenen Clochards; das aus dem schwarzen Anzug heraushängende Stückchen Hemd des Mörders. Gewalt ist geschehen und hat die ordentlich untergebrachten Dinge von den Regalen gerempelt. Sie liegen zerbrochen auf den Photoprotokollen von Weegee und sind nicht mehr zu reparieren.

Dieser helle, fast weiße Morgen in einer Londoner Wohnung im Nordosten, deren hintere Zimmer auf den Hof eines Sanatoriums hinausgehen: und von dort das kratzende Geräusch eines Besens, der über Steinplatten gezogen wird. Pausenlos. Nicht so arg wie Kreide auf der Tafel, aber nervenschabend genug und stetig, stetig. Irre scheinen immer am Kehren zu sein. Drück ihnen einen Besen in die Hand, und sie sind für Stunden beschäftigt und fegen, was die Borsten hergeben. Den ganzen Morgen, den ganzen Vormittag. Und dann hört es plötzlich auf, und man hört in der weiten Stille jemanden mit einem Teelöffel in einem Glas umrühren. Präziser, zartgliedriger Klang, so deutlich und dünn und hoch, daß einem innen ein feiner Nerv springt wie eine zu straff gespannte Saite.

Ein Satz aus dem Sommer 1912. “Auch alte Herren, die nackt über Heuhaufen springen, gefallen mir nicht”, hat sich Franz Kafka am 11. Juli penibel und pikiert ins Tagebuch notiert.

Dann gibts die, die nur deshalb zu einem Glas Sekt greifen, weil sie finden, daß ihnen der Kristallkelch in der rechten Hand hervorragend steht. Und sie drehen sich in eine Vorhangfalte am Rand des Festes ein, und wenn einer nahe genug vorübergeht auf seinem Weg von der Bar oder zu den Toiletten, spreizen sie dezent ihre Glieder und verästeln sich wie Jugendstilgewächse. Der Mensch, der für Verzierungen wenig Verwendung hat, nickt kurz und eilt weiter. Und die Bonmots werden ungenauer, die Lampen geben nicht mehr so viel Licht, und die Damen in den Vorhangfalten welken vor sich hin.

Der da im Café des *National Film Theatre* mit nervöser Heftigkeit den Tee aus seiner Tasse rührt, sieht erst gar nicht so aus, als käme er mit dem Leben zurecht. Statt dessen nimmt er es mit dem Kino auf und hat gerade mit Gus Van Sants *Drugstore Cowboy* einen Junkie–Film erwischt, dessen Trostlosigkeit für den Rest der Woche ausreicht. Er starrt ohne große Hoffnung in den Tee auf seiner Untertasse und teilt der Welt im allgemeinen und niemandem im besonderen mit, was ihm zu schaffen macht: »Da hat aber auch jeder Mann eine andere Philosophie, man weiß bald wirklich nicht mehr, woran man sich halten soll.« — »Ich halt' mich an mein Bier«, sagt einer in Nadelstreifen, der danach riecht, wovon er redet. Für den daneben, dem das Haar aus der Nase wächst, sind es Blondinen, » ... nicht Rote, nicht Braune, Blondinen«, und die haben keine Philosophie? »Wir haben was viel Besseres«, sagt seine Freundin, und man glaubt ihr auf den ersten Blick. »Frauen machen nicht solche Filme, wo ich viel nachdenken muß«, sagt der Totale Teetrinker verloren. »Du gehst einfach zu oft ins Kino«, sagt der Nadelgestreifte im Aufstehen und holt sich an der Theke sein nächstes Bier.

Finger, die noch zucken, wenn die Arme der Artistin längst mit gewaltigem Hieb von ihrem Rumpf getrennt im Sand der Manege liegen und die Hühner angelaufen kommen und im offenen, warmen Fleisch herumpicken. Der riesige Sarg mit dem Elephanten auf dem Grund einer Mülldeponie: und aschfarbene Kinder stürzen zu Hunderten die Abfallhalden hinunter und reißen blutige Teile aus dem toten Tier, um zu überleben. Eine knapp der

Vergewaltigung entgangene Taubstumme steigt in den von einem Fest verwüsteten Straßen über leuchtend weiße, verbogene Skelette. Szenen aus Alejandro Jodorowskys *Santa Sangre*: schwüle Bilder, die in Entsetzen schwelgen. Illuminierte Fieberphantasien. Prächtige Diademe des Schreckens, die in Pfützen von Blut bösartig funkeln. Der Film hat gesessen. Am Ende der Vorführung lagen unter den Kinosesseln nach den ersten Bissen fallengelassene Sandwiches, und das Café im *National Film Theatre* war leer wie nie.

Die blauen Neonreklamen in der Nacht, als sei der Himmel an diesen Stellen gesplittert und gesprungen, und durch die Risse sieht man die Verheißung brennen, schillerndes Blau, das die Sehnsucht aus der Seele zieht. Wie damals, als man Kind war, jedes Flugzeug, das das Fenster durchquerte, einen Faden Verlangen hinter sich herzog. Weg, weg, irgendwohin. Hinter das Blau, wo man in Jubel und Tiefe schier ersäuft.

Die Angst vor dem Leben, die oft soviel größer ist als die Angst vor dem Tod. Mit gutem Recht. Der Tod passiert einmal, und damit ist es ausgestanden. Ein Freund, der befürchtete, an Aids zu sterben, hat sich nicht mehr groß um die Lösung seiner Probleme gekümmert. Das würde der Tod für ihn erledigen. Zu früh gefreut. Das Ganze stellte sich als falscher Alarm heraus, und nach dem ersten Schrecken freudiger Erleichterung brach er zusammen. Jetzt mußte er es selbst wieder in die Hand nehmen. Jetzt war alles wieder Tat und Folge und Verantwortung und ging nicht einfach wunderbarerweise in Tod auf.

Die Franzosen sollten die Finger von den Rocksongs lassen. Die Sprache ist dagegen. Diese verlogene Sprache der Diplomaten, dieses wurmweiche vokale Geschlängel, und dazu die krasse Unmißverständlichkeit jener Musik. Lächerlich. Französisch hat nichts, aber auch gar nichts mit der schroffen Verwehr der Welt zu tun, mit den Rhythmen, die kurzangebunden gegen Konventionen rempeln, die ihre Forderungen rücksichtslos durchsetzen wie Schuldeneintreiber von der hartgesottensten Sorte. Dazu braucht es mindestens Englisch.

Nochmal zu *Santa Sangre*. Es gibt Filme, die verschärfen sich mit jedem Tag Abstand, die werden von der Zeit aufs Wesentliche runtergeschliffen, bis sie wie ein kleiner Diamant tief und spitz im Gedächtnis stecken. *Santa Sangre* nicht. Je weiter man wegrückt, desto mehr verliert er an Kontur. Er quillt auf, geht aus dem Leim, ist nicht länger ernst zu nehmen. Ein schäbiges, blutverschmiertes Sofa auf dem Dachboden, bei dem nicht mal mehr die Sprungfedern Schaden anrichten.

Die Hoffnung ist ein starkes, schwarzes Unkraut. Gegen jedes bessere Wissen wächst sie auf steinerner Verzweiflung, wächst zwischen Einsamkeit, Ruinen und Hass, wächst unerbittlich, trotz Schmerz und Verleugnung wächst sie, und selbst in Kälte und Verwüstung treibt sie Knospen der Erwartung, die in blühendes Vertrauen aufgehen. Unbelehrbar. Immer wieder. Dann hat man es nicht anders verdient.

Es sind die Hände von Jeff Sheridan. Nicht so sehr das, was er mit ihnen treibt, sondern wie er es tut. Wie er sie durch die Luft zieht, weiche, schwerelose Bewegung, die jenseits jeder Vorstellung begonnen hat und auf einmal da ist und fließt wie ein Strom Seidentücher: und am Ende schimmern jedesmal Kartenspiele auf, fächern auseinander, zergehen. Er leert seine Hand ein ums andere Mal in die aufgehaltene Aktentasche, dieser Zauberer im *Tigerpalast*, und immer noch erscheinen stapelweise Karten, und jede der stillen, gleitenden Gesten holt ein neues Blatt von irgendwoher ans Licht. Aus seinem Ärmel kommen sie nicht. Sie sind schon immer dagewesen, es brauchte eben einen wie ihn, uns mit paar beschwörenden Gebärden die Augen für das bislang Unsichtbare zu öffnen.

Niemand legt sich gern fest. Man bleibt lieber in der Schwebe, Schnee in der Luft, anstatt sich zu entscheiden, ob man sich hier oder da oder noch woanders niederlassen soll. Man will die Wahl nicht aus der Hand geben. Das hätte Konsequenzen. Die Entscheidung für eine Möglichkeit bedeutet den Verzicht auf tausend andere. Also zögert man und wird älter, und dabei reduzieren sich die Möglichkeiten von ganz alleine.

»Schau mal«, sagt sie, als sie nach einem nicht übermäßig langen Aufenthalt in der *Weinstube* wieder auf der kalten Straße stehen, »schau mal, da oben. Die Venus.« — »Was denn«, sagt er, ihrem zitternden Zeigefinger folgend, »das'n Badezimmerfenster.«

Es gibt auf den die Sinne und Kräfte erschöpfenden Festivals tatsächlich auch Filme, aus denen kommt man mit dem Lächeln eines Kindes, das ganz versunken an seinem Vanilleeis schleckt. In London war Anne Wheelers *Bye Bye Blues* solch ein hübsches Stück altmodischer Unterhaltung. Kino fürs Herz, das die aufgesträubten Nerven niederstriegelt und die Seele zum Singen bringt. Eine junge Frau, die in einem kanadischen Dorf jahrelang auf die Rückkehr ihres Mannes wartet und sich in der Zwischenzeit um ihre Kinder kümmert und in einer Tanzkapelle Karriere macht. Die Sonne steht immer so im Himmel, daß das Licht honiggelb und schwer an den Holzwänden runterläuft, die Schatten sind lang und zeigen heim in den Abend, die Schürzen sind geblümt und die Menschen freundlich zueinander.

Arturo Benedetti Michelangeli am Klavier, Maske und Verhängnis, und sieht aus wie der müde Tod der Stummfilme, sicher verschanzt hinter den Tönen, die er ungnädig vor sich niedergehen läßt wie ein Gitter aus Stahl. Ein von der Welt Bedrohter, der sich selbst in Schutzhaft nimmt. Er sitzt da, Maßloses von sich fordernd, starr, und seine Finger fallen ohne Unterlaß auf die Tasten nieder wie ein für alle Ewigkeit in Gang gesetztes mechanisches Spielzeug. Manchmal fährt eine Hand aus der Ordnung, fährt hoch und schlägt mit dem Schweißtuch gegen seine Stirn, rigoroser Beginn und Abbruch der Bekreuzigung, oder wie jemand, der zornig und kurzangebunden 'Mea culpa!' schreit. Und Beethoven lindert nicht.

Sie begutachtet das Kalbsmedaillon vor sich ohne großen Optimismus. »Ich hab' so wundervolle Antworten«, seufzt sie es an, »aber niemand stellt mir die Fragen, daß ich sie geben kann.«

Am Nebentisch reden sie über Sorgen und daß man sich keine machen sollte. »Is' eh alles für'n Arsch.« — "Life happens to us while we are making other plans", sagte ein amerikanisches Genie, und der, der sich mit dem delikaten Stückchen Forellenfilet am Kinn für einen gediegenen Loriot–Sketch qualifiziert, sagt nicht minder genial: »Zum Beispiel ich, gell. Ich bin vor jeder Klassenarbeit fast gestorben. Und wenns dann soweit war, hat das Abschreiben immer prima geklappt.«

Und wo wir schon mal bei Sorgen sind, gehen wir doch auch gleich ganz zu Busch, Wilhelm, und seinem Likör, und holen uns aus Hollywood von Gable, Clark, den Rat für die richtige Sorte Kummerkiller: "Stick to the Scotch if you want to be brave. Gin only makes you piss."

Mit neuen Sachen ist das nicht so einfach. Hosen, Schuhe, eine neue Jacke. Man ist immer ein wenig preisgegeben, wenn man ein blankes Stück zu der gebrauchten Garderobe addiert. Da ist plötzlich eine formelle Fremdheit zwischen den zurechtgetragenen, der Person unterworfenen Kleidern, auffällig unbeschrieben, etwas, das in strenger Nachdrücklichkeit quersteht und stört: die Aufmerksamkeit fährt dauernd darüber wie die Zunge über den gerade plombierten Zahn. Man ist sich des Neuen zu deutlich bewußt, und man wird steif an dieser Stelle.

Nach einer dieser Nächte, in der man mit Kaffee und Halva den Schlaf auf Abstand und das Schreiben am Laufen gehalten hat, sitzt man abgekämpft aber zufrieden im *Strandcafé*, es ist längst nicht mehr sieben und die Welt immer noch in Ordnung, Chico Hamilton rührt mit seinem Schlagzeug den letzten Rest Leben in der gründlichen Müdigkeit noch einmal auf, und Franz Hessels Worte schimmern wie paar Stäubchen Gold in den sandigen Gedanken: "Auch nachher, als ich am Morgentisch meinen Milchkaffee bekam, war ich ganz zufrieden. — Ach, warum reicht das bißchen Glück so selten bis zum Abend?"

Sie trafen sich drei Jahre nach der Trennung im Café wieder. »Weißt du«, sagte er mit der Offenheit, für die er immer schon kräftig geschätzt wurde, »daß du nach mir mit einem anderen gevögelt hast, hat mir nichts ausgemacht. Essen, schlafen, ins Kino, das ist alles eins und heißt nichts. Aber was weh getan hat, war die Vorstellung, daß du für den Kerl jetzt Knöpfe annähst oder seine Unterhosen wäschst. Oder seine Socken.« Er nahm noch einen Schluck Barbera d'Alba. »Jedesmal, wenn ich dachte, jetzt wäscht sie seine Socken, hätte ich aus dem Fenster gehen können.«

Selbst aus solch nichtigem Tand wie dem amerikanischen Vaterlands–Epos *Born on the 4th of July* des geläuterten Vietnam–Veteranen Oliver Stone läßt sich noch was lernen. Über Mescal, zum Beispiel, dem billigsten, dem Fusel unter den Fuseln, mit dem sich schon der Held aus Malcolm Lowrys *Under the Volcano* zu Tode soff, als es tiefer nicht mehr ging. Der Wurm ist drin, in diesem Schnaps, und hat seinen Grund. Erst daran, daß man merkt, daß man ihn beim Schlucken nicht merkt, merkt man, daß es höchste Zeit ist, betrunken zu sein.

Die Stimme von Margo Timmins. Wenn die Sängerin der Cowboy Junkies durch ihre Version von *Blue Moon* schreitet wie durch die weite Eingangshalle einer mittelalterlichen Burg, die zu groß und kalt für Menschen ist, eine von Piranesis steinernen Überforderungen, und die Sterbliche schreitet durch die Leere und die Frühe, und hinter ihr schleift die Müdigkeit über die ungefügen Quader des 14. Jahrhunderts, kein Schlaf heute nacht und "without a dream in my heart ... ".

Die Parkbank am Weg, die den Lauf der Spaziergänger unterbricht: und so sammelt sich dann einiges an, und das redet auch noch und ist ganz Empörung: »Da kommt da ein ganz weitläufiger Verwandter aus der DDR, steht morgens um sieben vor der Tür und klingelt. Also wissen Sie!« — »Aber das müssen Sie verstehen«, versucht es der rastende Jogger neben ihr mit behutsamen Bedenken, »die wollen da weg. Ich will ja nicht sagen, daß es da immer noch so ist, aber früher hatten die auch wirklich einen Grund, da wurden die auch noch verfolgt.« Bei der mit den geplatzten Äderchen auf den Backen verfängt das nicht, sie steht mit beiden Gesundheitsschuhen fest auf dem Boden ihrer Tatsachen. »Ich bin auch verfolgt worden im Wald und hatte Angst, überfallen zu werden.« — »Ja«, wagt es der Verständige noch einmal, »aber jetzt reden Sie von ganz früher. Jetzt reden Sie vom Kriegsende und von Schlesien.« — »Das ist egal. Mir ging es auch schlecht, vielleicht noch schlechter, und mir wäre es nie in den Sinn gekommen, frühmorgens bei wildfremden Leuten zu klingeln.«

Ernesto Montego im *Tigerpalast*. Er steht auf der Bühne wie aus dem Hut des Hexers gezogen, und er steht kaum da und steht schon inmitten wirbelnder Säbel, und er steht nahezu still, während das schneidende Silber ihn umstürmt, während Fackeln ihn beißend umblitzen, während Bälle ihn träumend umtanzen. Und er steht und dirigiert alles nach Belieben, ohne Anstrengung, ohne Aufwand, und alles gehorcht auf den leisesten Muskeldruck. Er scheint bis in alle Ewigkeit so stehen zu können. Beinahe wünscht man, ein Fehler möge ihm unterlaufen, damit man wüßte, es geht alles mit rechten Dingen zu.

Die furchtbar wirkungsvolle Hektik des Augenblicks. Die Angst, eine Chance zu verpassen. Das große rote Schild im Schaufenster. 'Einmalige Gelegenheit!' Der Stationsvorsteher auf dem Bahnhof, der schreit: 'Alles einsteigen! Türen schliessen!', und man hastet dem davonfahrenden Zug hinterher, erwischt ihn gerade noch so, und wenn man wieder zu Atem und Besinnung kommt, stellt man fest, daß man gar nicht wegfahren wollte.

»Entschuldigung, Sie haben da vorn ein wenig von der Marmelade auf Ihrer Bluse. Und daneben ist noch was. Und da ... nein, weiter links ... und oh ... oh ... ach so ... «. Langsam scheint dem aufmerksamen höheren Angestellten und Kontaktlinsenträger ein Verdacht zu kommen, und er wird so rot wie die von ihm erspähten Flecken. »Das ist das Muster«, verteidigt die mit Orangensaft, Mohnbrötchen und Gelee barsch ihr beanstandetes Designermodell, »das gehört so.« — »Ja, jetzt seh' ich das auch«, gibt er zu und bleibt rot, »als das immer mehr wurden, wußt' ich, das ist keine Marmelade, das ist Absicht«, sagt er, und »steht Ihnen aber gut«, sagt er, »die Bluse«, sagt er, und sie sagt nichts. Sie ißt. Er stiert auf einen der prächtigen Punkte auf ihrem rechten Lungenflügel, zieht den Blick schnell weg und drückt ihn auf die blaue Zigarettenschachtel neben dem Zuckerstreuer. »Wissen Sie«, fragt er, immer noch rot, »was Jacno heißt?« Sie schaut ihn an, als sei sein Verstand jetzt endgültig den Bach runter. »Steht da auf der Packung«, sagt er und steht auf, er hat sich endlich entschlossen, das Projekt als gescheitert zu betrachten. Mit dem letzten Rest jugendlicher Verve reißt er seinen Mantel von der Stuhllehne und das Glas Sauerkirschkonfitüre vom Tisch und verschafft so der Mustergültigen als Krönung seines Abgangs den passenden Rock zum Oberteil.

William Forsythes Ballett *Limb's Theorem*. Hinter der Stirn beginnt es zu dämmern. Spinnenglieder und Metall, und folgsame Fühler fädeln eine Bewegung ein, die geschmeidig wie eine Laufmasche durch den Raum geht und durch einen plötzlichen

Einfall irgendwo gestoppt wird. Gedankenketten, Fehlfunktionen, ein Plan, der sich wie eine zu leicht geschlungene Schleife ins Nichts auflöst. Das gereizte Aufästeln einer neuen Überlegung. Es ist eine Mär von Entwurf und Verwerfung, von strikten Spielregeln, die die Unmöglichkeit einfordern und sich unterwegs wieder verändern. Viel Wissen liegt im Dunkeln, und genau dort geschieht es. Es ist Metropolis und Lem, die überfordernde Öde einer ungeheizten Turnhalle, der Monolith im All. Es ist ein vergessener, nächtlicher Saal im Museum der Naturwissenschaften, in dem die Vitrinen von Seltsamkeiten glühen. Und unten im Bauch des Schiffes pocht hart und verläßlich die Zeit.

Meine Lieblingsstelle in George Orwells *Keep the Aspidistra Flying*: "Gordon Comstock, Poet ('außerordentlich vielversprechend' wie The Times Lit. Supp. geschrieben hatte), schlüpfte eilig ins WC, schleuderte die Teeblätter ins Abflußrohr und zog die Spülung. Dann eilte er zurück in sein Zimmer, verriegelte die Tür und machte sich, unter Vermeidung verräterischer Geräusche, eine frische Kanne Tee."

Von denen, die im Café rauchen, sehe ich denen, die es ohne Filter tun, am liebsten zu. Da bleibt hin und wieder ein Fädchen Tabak an den Lippen hängen oder klebt an der Zungenspitze. Wie sie sich das dann davon abklauben, das hat was von der eifrigen Poussierlichkeit, mit der kleine Pelztiere die Erde nach brauchbaren Krümeln durchfingern.

Beinamputierte! Keine Stufen überspringen! Das hing groß und warnend in den Bremer Straßenbahnen, Anfang der 60er. »Als ich mein Abi machte«, sagte Axel, »hab' ich da immer draufgestarrt. Dann hab' ich aber mal gesehen, was passiert, wenn sie's doch machen. Der hat sich eingequetscht, klar, weil natürlich die Lichtschranke die Tür nicht aufgehalten hat«.

Paare, die über die langen Jahre nicht voneinander lassen und wirklich zusammen alt werden und sterben. In John Boormans *Zardoz* die Szene: Sean Connery und Charlotte Rampling nebeneinander an der Wand einer Höhle, aus der sie nicht mehr herauskönnen. Sie sitzen da, Seite an Seite, und nehmen sich an der Hand und warten auf den Tod. Auf dem nächsten Bild sitzen sie genauso. Und auf dem nächsten. Ihre Gesichter trocknen ein, ihr Fleisch zieht sich hinter die Knochen zurück. Und sie sitzen da, durch das Sterben, durch den Verfall, sitzen, und ihre Skelette halten sich immer noch bei der Hand.

Kindergesichtern wird durch eine Photographie wesentlich mehr Gewalt angetan als Gesichtern von Erwachsenen. Weil der natürliche Zustand von Kindern der der Bewegung ist, weil ihre Mienen ständig mit Möglichkeiten jonglieren, weil ihr Ausdruck so schnell wechselt wie der Himmel über Dublin: und dann grätscht das Blitzlicht dazwischen und sondert einen einzigen aus. Und der ist jetzt für alle Zeiten fixiert.

Die Perücke sitzt heute schief, sonst ist alles wie immer. Wie immer nimmt sie ein Brötchen, Butter und Kaffee, wie immer läßt sie irgendwann durchblicken, daß sie schon 86 ist (manchmal auch 82, oder 85), wie immer mißtraut sie dem Zuckerstreuer (es könnte genausogut Salz sein, nicht wahr?), und wie immer weiß sie nicht, um welchen Tag es sich gerade handelt. »Ist heute Samstag?« — »Sonntag«, murmelt der *Tempo*leser am Tisch ohne aufzublicken. »Da muß ich mich eilen«, sagt sie, »bevor die Geschäfte zumachen.« — »Sonntag«, wiederholt er, strenger im Ton, aber immer noch mit den Augen im Heft, »da gibts keine offenen Geschäfte.« — »Ach«, sagt sie, »dann wäre es fast besser, es wär' Samstag. Und«, sagt sie, »dann muß ich mal seh'n, was ich zu essen dabei hab'.« Und kramt eine kleine Kalbsleberwurst in Kunststoff aus ihrer Handtasche und legt sie neben ihren Teller. Mit dem Kaffeelöffel drückt sie an der Plastikpelle herum. Der *Tempo*leser hat zu lesen aufgehört und schaut interessiert zu. Er hofft auf eine mittlere Schweinerei. Er hofft umsonst. Das Plastik hält. Ein Künstler in Pferdeschwanz und zwei verschieden grünen Socken kanns nicht mehr länger mitansehen und hält ihr ein Messer unter die Nase. »Ach«, sagt sie irritiert, »danke, nein. Damit geht sie nur kaputt. Ich möchte keine Wurst essen, die kaputt ist«.

Die suggestive Musik von Thom Willems versorgt seit Jahren William Forsythes Ballettinszenierungen mit Atem. Schübe von Rhythmus und Kraft aus dem Bergwerk, während sie oben tanzen, die Welt am Pochen, bis massive Stille dazwischenschlägt.

Gedanken werden Glas und springen, die Stunde in Scherben. Wind fährt in verworfene Ideen, reißt aus dem blechernen Akkordeon Fetzen von Jahrmarktsmelodien, fleddert durch alte Weisen und Träume. Echos der Kindheit. Und in den Pausen von *Limb's Theorem* der unerbittlich konstante Ton, der den Magen leer macht und an den Knochen schabt, als sei man seit sieben Tagen auf See: Zeit, daß das Schiff endlich anlegt, man sehnt sich nach festem Boden unter den Füßen.

Es gibt etwas, das dem Wissenwollen entgegenläuft. Etwas, das die Welt wilder will, herausfordernder, intensiver. Man nimmt Pflanzen, Bäume, Tiere tiefer zu sich, sieht sie vollständiger, solange man nicht weiß, wie sie heißen. Mit ihrer Bezeichnung sind sie oft abgetan. Man weiß, wovon die Rede ist, wenn man Löwenzahn sagt, aber man schaut nicht mehr näher hin. "Seit man mich aber gelehrt hat, Dinge und Worte aufeinander zu beziehen, bin ich ärmer geworden, scheint mir", schrieb Franz Hessel im *Kramladen des Glücks*.

Und hier ist, aus *Steel Magnolias*, Shirley MacLaines Definition eines wahren Gentleman: "I think, he takes the dishes out of the sink before he pisses in."

Das Zimmer ist still, und man stellt das Radio an. Nicht, um zuzuhören, nicht wegen der Gesellschaft der Stimmen im Raum:

aber es braucht paar zerriebene Geräusche, um der Stille die Schärfe zu nehmen. Denn in der Stille werden die Dinge zu signifikant, jede Geste wird groß vor Bedeutung, es gibt keine Nachsicht mehr, nichts geschieht beiläufig und fern. Die Stille nimmt jede Bewegung wichtig, und so wird man bewegungslos vor lauter Stille.

Nachdem eine Weile alles gutgegangen ist, gibts dann wieder Tage, in denen die alte Häßlichkeit rumort, und die Leute sind abstoßend wie nie. Gesprungene Grimassen, verwachsene Gefühle, nikotinverfleckte Finger, die an Pickeln herumdrücken, Nylonblusen, selbstgerechte Empörung. Ein Kurzatmiger klebt mit triefendem Grinsen am Schaufenster einer Videothek, der Mann von der Tankstelle unterschlägt beim Wechselgeld frech einen 10–Mark–Schein, eine Frau mit Kopfsalat und H–Milch unterm Arm schreit einer Dunkelhaarigen »Scheißjüdin!« hinterher. Das hängt aus den Fenstern und kriecht durch die Strassen, stinkende Schäbigkeit, grün vor Haß und Angst, geifernd und gierig verschwitzt. Otto Dix was here. Die Garstigkeiten des Lebens wie fette, in der Sonne fläzende Kröten. Man hat es tatsächlich mit den fleischgewordenen Visionen des Malers zu tun.

Laurence Olivier ist elfmal für den Oscar nominiert worden; Marilyn Monroe war in elf Waisenhäusern, als sie noch Norma Jean Baker hieß; Ingmar Bergman brachte es im *Deutschen Schauspiel München* auf elf Inszenierungen; Georges Simenon brauchte nach eigener Auskunft für die Niederschrift eines Romans elf Tage; der Boxer Jake La Motta glaubte elf Jahre lang irrtümlich, bei einem Banküberfall einen Mann getötet zu haben; der venezianische Karneval dauert elf Tage; und als die Kolonne mit "eleven miles an hour" die niedrigste Geschwindigkeit erreicht hatte, wurde am 22. 11. 63 J. F. Kennedy erschossen. "Alle bedeutenden Ehrungen finden am Elften statt", hat Thomas Bernhard geschrieben.

Es ist das Wort, das den Leuten Angst macht, nicht die Tat. Tun kann man alles: solange man nicht darüber redet, ist es nicht geschehen. Die Tat heißt nichts, erst mit den Worten werden die Karten auf den Tisch gelegt, und die Dinge werden wirklich.

Gesten, wenn einem die Gefühle ausgegangen sind. Kein Haß mehr im Ärmel, der Kuß ist reine Form und der Tee am Nachmittag rituelle Rosette. Aber Gesten, immerhin. Gesten, wieder und wieder getan, Sturheit und Feier. "Wir geben nicht auf. Wir fangen noch einmal an", hat Lars Gustafsson in so vielen seiner Bücher geschrieben. Zuverlässig fallende Gesten, bis das insistierende Betonen ein und derselben Stelle endlich eine Bresche in die Betäubung schlägt. Und die Geste wird mit der Zeit so wahr wie das Gefühl, für das sie eingesprungen ist.

Ein guter Satz aus einem schlechten Film. Von dem Afrikaforscher John Speke in Bob Rafelsons *Mountains of the Moon* der gemeinen Lüge bezichtigt, gibt der daheimgebliebene Freund nachlässig zur Antwort: "Ich lüg' mich immer zur Wahrheit durch."

Die Deutschen werdens nie lernen. Da schmeißen sie sich nach dem Sieg ihrer Nationalelf in ihre Autos, rasen durch die Stadt, hupen, grölen, schwenken Fahnen, ganz wie sie es von den italienischen *tifosi* gelernt haben, die Straßen kochen über, Flaschen fliegen und leere Dosen, wilde Cowboys unterwegs, die vor Begeisterung nicht ein noch aus wissen und sich den Teufel um die Nachtruhe der anderen scheren. Und dann halten sie brav und ordentlich vor jeder roten Ampel.

Wenn Leute in ernsthaften Krankheiten oder Krisen stekken, angeln sie sich ihren Kinderglauben an die Macht der Autoritäten vom Bücherbord. Sie sehnen sich zurück in Zeiten, als die komplizierte Welt noch fest im Griff kompetenter Kräfte war: Ärzte machten gesund, und Polizisten waren zum Verbrecherfangen da. Als man klein war, gab es für jede Schwierigkeit den zuständigen Zauberer, und der Strafe konnte man entgehen, indem man vorher gehorchte. Und so macht man sich, wenn man ahnt, daß es schlecht ausgeht, wieder klein und wartet, daß jemand mit Einfluß kommt und Anordnungen trifft. Man wird gehorchen, es ist die einzige Chance, die man hat.

Der Nachmittag, als ein Freund kreidebleich mit einem Hammer aus dem Kinderzimmer kam, wo er Bilder für seinen Sohn aufgehängt hatte. » ... und dieser kleine Kerl liegt ruhig unter mir auf seinem Bett und schaut zu mir hoch und lächelt mich zutraulich an, so voller Arglosigkeit und Zuneigung, und geht mit einer Selbstverständlichkeit davon aus, daß ich nur das Beste für ihn will, und er liegt da, ganz und gar ausgeliefert, und ich halte die ganze Zeit den Hammer, und sein fast blödes Vertrauen zu mir angesichts der Waffe in meiner Hand, wo jeder vernünftige Mensch zumindest mit der Möglichkeit rechnet, aber nicht die Spur eines Mißtrauens in seinem Blick, er lächelt mich nur an, und da hätte ich zuschlagen können ... ich hätte zuschlagen können, einfach, weil ich das viele Vertrauen nicht ertragen konnte.«

Schon die Felder sind anders: wenn man vom Flugzeug runtersieht auf Deutschland, liegen die Felder gehorsam in Reih und Glied, sauber und ordentlich schließt eins ans andere, rechtwinklig und rechtschaffen, keine Ungereimtheiten, nichts stört, nichts steht quer. In England haben sie die Äcker einfach wild übers Land geschüttet wie die Piraten ihre Beute über den Wirtshaustisch; hier ein Oval, da ein Fünfeck, dort fehlt einem Quadrat ein deutliches Stück, formlose Lappen in Goldgelb, Ocker und Braun mit grünen Bändern und oliven Ketten dazwischen, und man hat große Lust, in dem üppigen Durcheinander herumzuwühlen.

Noch in den verkommensten Kneipen sind die Toiletten in Irland einen Besuch wert. Irgendwo im Niemandsland, schwarzes, schrundiges Gefels und Himmel darüber und weit und breit Kälte und Nichts und eine hingeholzte Bruchbude, als hätte jemand mit dem Fuß ein bißchen groben Schrott zusammengescharrt und ein Stück Wellblech draufgeworfen, und weil sie zwei Sorten Bier anbieten, nennen sie's Pub. Die Sandwiches wölben sich vor Trockenheit und Alter, der Linoleumboden ist nur noch fragmentarisch vorhanden, Plastikstühle, die Tapete in Flecken und Fetzen. Aber dann die Toilette: ein Traum. Rosa Kacheln, Rauchquarzspiegel, es riecht nach Himbeeren und Seife (wie die weitgeöffneten Blüten der Engelstrompete abends im *Palmengarten*). Was sie vorn an der Ausstattung sparen, stecken sie hinten ins Klo. In London verfahren sie ganz ähnlich. Die schönste Toilette dort gibt es in den unteren Räumen der

Wallace Collection: Fließen in florentinischen Farben, Wasser aus kostbaren alten Messinghähnen, und ein Diwan, auf dem blasse, enggeschnürte Damen ihren kleinen Ohnmachten nehmen können.

Carlotta Ikeda im *Mousonturm*: langsam und lautlos fängt es an, weißgekalkte Gestalt, Runde um Runde, dann schlurfen die nackten Füße schneller über die Bühne, verbuckelter Gnom. Und das Gesicht gellend weiß und drei Nummern zu groß, ein Wasserkopf, riesiges weißes Gesicht und verzerrt sich, wird Fratze, wüst und geifernd und faszinierend obszön, Mißgeburt, aus krankhaften Phantasien gekratzt, und grauenhaft gierig stößt die rote Zunge aus all dem Weiß, und das Ding gibt Laute von sich und verschwindet im Spalt. Und mischt sich neu hinter Mustern aus Farben, Tönen und Rauch, etwas, das in den Gedärmen haust oder im Unbewußten und heraus will, funkelnde Rätsel zerfallen wie Poesie, salziger Staub rieselt in sieben hellen Fäden herab und häuft Jahr auf Tag und begräbt das Leben unter sich. Und Raum bleibt und Nacht und das *Requiem* von Fauré.

Hoffnung hat auch was entsetzlich Lähmendes. Wie ein unüberwindliches Hindernis steht sie quer im Leben und versperrt die Sicht auf andere Möglichkeiten, und man wartet geduldig dahinter und rührt sich nicht: es könnte doch noch passieren. Erst, wenn man es wirklich aufgegeben hat, räumt man sie aus dem Weg und versucht es wieder aus eigener Kraft. "Wer glaubt, der hat keine Eile; das ist seine Entschuldigung", schreibt Jens Peter Jacobsen in *Niels Lyhne*.

Das Stück ist von Stravinsky, aber das Stück ist schon fast egal, man geht hin, weil Ruth Berghaus ihre Finger im Spiel hatte. Und der Einfall, die Bühne im Theaterzelt rückwandlos zu lassen, nur durch eine durchsichtige Plastikfolie von der Realität getrennt, ist einfach genial. Hinter der Bühne die Welt. Man kann durchsehen. Man schaut sich *Die Geschichte vom Soldaten* an, sieht die kleine Tänzerin mit dem bandagierten Gesicht, als hätte Helnwein kräftig zugeschlagen, sieht den Chagall–Geiger und sieht dahinter, draußen, den Springbrunnen, die Passanten, die Autos parken ein und aus, und die Zuschauer freuen sich, wenn zwei Schulkinder zufällig ins Bild geraten. Nur, daß es kein Zufall ist. Paar von den beiläufigen Belanglosigkeiten, die auf dem Opernplatz geschehen, sind genau so sorgsam inszeniert wie der Herr im Frack, der geschmeidig von der Laterne herunterdeklamiert. Ein Radfahrer kurvt um die Pfosten, es wird dunkel, und durch die erleuchtete Allee kommt zögernd jemand näher. Was ist wirklich, was ist Kunst, and what's the big difference anyway? "The world is a stage", und der Letzte denkt hoffentlich daran, hinter sich abzuschließen.

Die Blinden, die ihr Gesicht nach oben halten, nach hinten, so, als könnten sie auf die Weise doch noch drunter vorsehen.

HOTEL

Man geht anders über die Straße, in der man wohnt, sorgloser, und achtet beim Überqueren nicht auf Autos. Im eigenen Revier glaubt man sich gefeit, als könne es einem hier nicht wirklich passieren.

Es sind immer die oberen Fenster, in denen spät in der Nacht noch Licht brennt. Wenn sich die Bewohner der Stockwerke darunter längst in den sicheren Schlaf zurückgezogen haben, schlagen sich die Mieter knapp unter dem Dach weiterhin mit dem beschwerlichen Leben herum und kochen ihr Süppchen und geben (oder kriegen) keine Ruhe. Die Armen am Ende der Treppe, die Dichter, als legten sie es darauf an, der Spitzweg-Vision hinterherzuleben.

Das ist das Blöde, wenn man überall in der Welt Freunde sitzen hat: und dann kommen die Anrufe aus Tokio und Paris und New York, und man kann kaum reden miteinander, weil jedes Wort kostet. Man versucht hektisch, das Wichtige aus dem Unwichtigen hervorzuwühlen und stottert einen Haufen Mist in die Muschel, und wenn der Hörer wieder auf der Gabel liegt, ist man erneut Tausende von Meilen voneinander entfernt und verflucht den irreführenden Fortschritt. Als Samuel Morse den Telegraphen erfand, gingen sie zu Thoreau in den Wald und erzählten ihm, jetzt könnte sich ein Mann in Maine mit einem Mann in Texas unterhalten. "What could a man in Maine possibly say to a man in Texas", wollte Thoreau wissen.

In London machen sie lebhaft Gebrauch von den öffentlichen Toiletten. Der Fußboden der 'ladies' im Café unter St. Martin–in–the–Fields legt das Tragen von Gummistiefeln nahe, so sehr steht er regelmäßig unter Wasser: da muß eine beim Baden in der Kloschüssel ganz schön geplantscht haben; im Abfallkorb liegen frische Rosen, eine bis zum letzten ausgedrückte Tube Zahnpasta, eine Schachtel Cornflakes und ein roter Kamm. Von der Toilette des *Café Casbar* kommen sie mit nassen Haaren, das weiße Frotteehandtuch schwergewichtig um die Schultern wie ein angezählter Boxer nach der neunten Runde. Vor dem großen Spiegel des WC im *Lyric Theatre* rückt sich eine hagere Stolaträgerin den Schönheitsfleck für den zweiten Akt ins rechte Licht. Im alten *French Pub* in der Dean Street ist es schon vorgekommen, daß man eine halbe Stunde vor dem Klo warten mußte, bevor es verheißungsvoll hinter der verschlossenen Tür rauschte und ein Mädchen im Regenmantel herausschlich und murmelte: »Sorry, I kept you waiting, but I had a miscarriage.« Und im *Café Pelican* verschwinden schräge Vögel, von nervösen Kellnern verscheucht, hurtig in die 'lavatories' und halten dort stundenlang die Stellung und werden nicht mehr gesehen. Fluchtpunkt Toilette. Und dann immer geradeaus.

Man glaubt kaum, daß sowas im wirklichen Leben passiert: sie sitzt an dem kleinen Tisch im Café, er kommt rein und stößt erstmal dem Nächstbesten das Roggenbrötchen vom Teller, tritt dann, während er sich noch hilflos entschuldigt (Gottseidank wars nicht der Eiersalat), einer jungen Mutter auf den Fuß; er sucht nach einem Stuhl: aber jeder Versuch, sich einen, der frei scheint, zu greifen, scheitert an einem finsteren: »Besetzt«. Ein Teil seines Kakaos hat sich inzwischen auf der Untertasse und auf seinem hellen Trenchcoat breit gemacht: also stellt er ihn lieber auf ihrem Tisch ab und läßt bei dieser Aktion ganz großzügig auch ihrem geöffneten Buch paar Flecken zukommen. Einen Stuhl hat er immer noch nicht, und sein Selbstbewußtsein hängt ihm in den Kniekehlen. Dann hält er doch irgendwie einen Hocker in der Hand, stellt ihn hin und will sich erleichtert bei ihr niederlassen. Aber das Schicksal hat anderes mit ihm vor: in dem Moment, in dem er sitzt, knickt eines der drei Beine elegant unter ihm weg, und er liegt wie ein vom Halm gefallener Käfer zappelnd auf dem Boden und gibt auf.

Abends, wenn die Stadt zudämmert und das Licht anspringt in den Wohnungen: die Häuser wie Adventskalender, ein Türchen nach dem anderen wird geöffnet, und in jedem erleuchteten Fenster eine andere Szene: einer hämmert seine Gedanken verzweifelt in die Schreibmaschine, eine rennt in grünen Unterhosen aus einem Zimmer und taucht reibungslos im nächsten wieder auf, ein älterer Herr hängt gefährlich aus dem ersten Stock und sucht die Straße ab, dann holt er das Telephonbuch und forstet es nach der richtigen Nummer durch, hinter ihm steht ein Strauß Nelken auf dem gedeckten Tisch. Kurz darauf hält ein Taxi vor dem Eingang. Sie ist also doch noch gekommen.

Drei gültige Aussagen über die Dunkelheit: Reimar, der seine italienische Freundin abends im Holzhausenpark veranlassen will, mit dem Federballspielen aufzuhören: »Carla, du siehst doch gar nichts mehr mit deinen dunklen Augen.«

Fritz, der einem blinden Gast mit dem Wechselgeld eine letzte Warnung über die Theke schiebt: »Paß auf, draußen ist es dunkel.«

Und Axel über die Vorteile der Finsternis beim Verzehr eines dubiosen Mahls: »Es war dunkel, und ich hab' nicht geseh'n, was ich eß, und es hat mir geschmeckt.«

Früher ging während der Mathestunde unter den Bänken heimlich ein Zettel rum, den in der Mitte ein krummer Strich in zwei Spalten trennte. 'Lieben' stand über der einen, 'Geliebt werden' über der anderen. 'Gewünschtes bitte ankreuzen'. Die erste Spalte blieb unberührt, in der zweiten hagelte es Kreuze. Alle wollten sie geliebt werden. Es braucht Jahre, um schlau zu werden und dahinter zu kommen, daß die größere Freiheit darin liegt zu lieben. Es tun. Nicht, es sich antun lassen. Der Jäger, nicht die Beute.

Der traurige Regenschirm am Garderobenständer im *Aufschwung*: ein halb zusammengeklappter Knirps, seit ewig vergessen und hängengeblieben, hilflos und lächerlich und pathetisch, wie eine abgestorbene und vertrocknete Fledermaus.

Nur im allerersten Moment des Aufeinandertreffens ist es möglich, eine Person wirklich zu erkennen, zu ihr durchzudringen, ihr Wesen zu wissen. Sie zu sehen, so, wie sie ist. Sekundenbruchteile ist sie da: unverhüllt, nackt, unmaskiert. Mit jedem Augenblick, der vergeht, verliert man das Eigentliche dann mehr und mehr aus den Augen. Man erfährt mit der Zeit zwar mehr über sie und von ihr, lernt Details, sammelt und addiert Fakten: aber damit verstellt man sich den Blick auf die Mitte, man mischt die Essenz mit verfälschenden Ingredienzen und mischt Erwartungen und eigene Vorlieben und Vorstellungen darunter und hat es für alle Zukunft mit einem selbstgefertigten Geschöpf zu tun. Man kommt nie wieder ran.

Die medizinische Abteilung im obersten Stockwerk des *Museum of Science* in London. Und nirgends ist der Unterschied so deutlich veranschaulicht wie in diesen dämmernden, nach poliertem Holz und Stoff und Staub riechenden Räumen: der Westen ist vertreten mit der detailgetreuen Nachbildung eines Operationssaals in voller Montur, bis an die Decke aufgerüstet mit aufwendigen Apparaten, überall Metall, Schalter, Kabel und Schläuche, unter denen der Patient verschwindet. Es dreht sich nicht um ihn. Er ist lediglich dazu da, die hochkomplizierten technischen Geräte in Gang zu setzen und am Gehen zu halten. Munition für die Maschinen. Für die Demonstration der Heilpraktiken in den östlicheren Breiten dagegen tut es ein kleines Tablett mit feinsten Operationsinstrumenten.

Wenn man von jemandem die Wahrheit wissen will, oder, um es weniger anspruchsvoll anzugehen, die ehrliche Meinung, und der Adressat ist zu freundlich oder zu feige oder zu zartbesaitet oder sonstwie unfähig, mit seiner ehrlichen Meinung rauszurücken, dann gibt es nur eins: ihn kräftig beleidigen. Dann bricht der Damm. Er wird ohne weitere Umstände seine gesammelte Nettigkeit fahren lassen und wahre Breitseiten abfeuern. Er holt aus dem Keller, was sich dort an Unerfreulichkeiten und Dreck und Vorbehalt angehäuft hat, er langt in die hintersten Stellagen. Er vibriert vor Verlangen, ehrlich und kritisch und direkt zu sein. »Ha, und was ich dir schon immer mal sagen wollte ... « Voilà. Hier kommt es geflogen. Man braucht bloß noch zuzuhören.

»Lächerlich!« sagt der Buchverkäufer und meint den Kunden, der mit einem modisch verballhornten Rucksack auf dem Rücken wie ein Gipfelstürmer vor den Regalen steht. Es ist wirklich lächerlich. Und es breitet sich aus. "Zeitgenossen, haufenweise" schleppen diese Beutel auf ihren Buckeln durch die Großstadt wie Nachzügler auf einem Schulausflug, die den Anschluß verloren haben. Zurück zur Kindheit, Teil 3. Expeditionen durch die Gemüseläden, der Einkauf als Abenteuer. Es nimmt groteske Formen an. Ein Mittfünfziger, so gediegen gekleidet, daß er jederzeit als Vorstandsmitglied der *Höchst AG* passieren könnte, und dann klebt ihm so ein unförmiges giftgelbes Plastikmonster, leuchtend lila gestreift, auf der rechten Schulter. Der ältere Herr im Laufgeschirr, als hätte ihn die Mama noch nicht von der Leine gelassen. Sie wollen nicht erwachsen werden.

Man will das haben, was man auf keinen Fall kriegen kann: aus dem einfachen Grund, weil man höllische Angst davor hat, zu kriegen, was man will. Und dann damit konfrontiert zu sein, damit wirklich umgehen zu müssen. Nur aus der sicheren Entfernung des Wünschens läßt sich leicht damit leben. Aber wenn es dann tatsächlich vor einem auf dem Tisch liegt … . Aus der Traum.

»Ich weiß nicht, was das ist«, jammert er, unterstützt von seinem vierten Glas Cognac und dem Gleichgesinnten an seiner Seite, »ich verliebe mich immer in Frauen, die nichts von mir wissen wollen. Und ich weiß jedesmal von Anfang an, daß es sinnlos ist.« Die Chancen, an seine Traumgeschöpfe heranzukommen und es dann mit ihnen aufnehmen zu müssen, sind gefahrlos gering. »Ich würde ja gern mit dir einen Kaffee trinken gehen. Aber ich bleibe doch lieber zuhause. Da kann ich so schön an dich denken«, sagte einer, der es halbwegs begriffen hatte.

Die Menschen schlagen immer schneller um sich, brechen blindwütig in kleine Karrieren und große Schweißausbrüche aus und halten sich also über Wasser und am Leben. "Wie eine langbeinige Fliege über dem Strom schwirren seine Gedanken über der Stille", schrieb W. B. Yeats; und Philip Larkin sprach in seinem Gedicht *Ambulances* von der "Leere, die unter allem liegt, was wir tun". In rasender Bewegung bleiben, um nur ja nicht abzustürzen. Für die, die von Versen nichts wissen, weil sie sich von der Lyrik sicherheitshalber fernhalten, hat es dann Walt Disney auf ein überzeugend simples Bild gebracht: da rennt Donald Duck oder Goofy, oder wer sonst gerade an der Reihe ist, wild auf den Abgrund zu und rennt darüber hinaus und rennt weiter, panisch, getrieben, aber rennt und setzt sich gradlinig in der Waagerechten fort. Erst wenn er unter sich schaut und sieht, daß da nichts mehr ist, daß er den Boden unter den Füßen verloren hat, erst dann kommt der Fall. Man darf es nicht realisieren. Es wäre das Ende.

Ab und zu gibt es einen, der sagt einfach immer die Wahrheit. Nicht, weil er so tugendhaft wäre. Nicht aus Überzeugung. Er sagt die Wahrheit aus purer Überheblichkeit. Die anderen sind ihm zu gering. Er macht sich ihretwegen nicht groß die Mühe zu lügen.

Die Augenblicke vor dem Einschlafen, als man Kind war und warm zugedeckt lag, und die Geräusche rückten ferner. Hinter der Wand dehnten die Stimmen der Erwachsenen auseinander ins Vage und Ungefähre und verzögerten sich bis zum Stillstand und ließen es gut sein, und das einzig Konkrete war zuletzt der Streifen Licht unter der Tür, der Horizont, hinter dem das Bewußtsein versank, und der Traum hatte begonnen.

In Mark Robsons Film *From the Terrace* sitzt Paul Newman irgendwann mal am Rand eines Festes, im Hintergrund drehen tanzende Paare friedlich ihre Runden, und er sitzt da und hält eine Mokkatasse. Beidhändig. So ungeschickt und von der Situation überfordert, so schlichtweg fehl am Platz hat Paul Newman noch nie ausgesehen. Ein Mann hält eine Mokkatasse: und die Welt ist nicht mehr in Ordnung. Ein verschwindend kleines Stück Porzellan genügt, Männerhände außer Kraft zu setzen. Da hockt er nun, der verharmloste Held, wie ein Vater, der seiner herzigen Tochter zuliebe mit dem Puppengeschirr spielt, und fühlt sich nicht wohl in seiner Haut.

Das Paar am 'Katzentisch' oder 'Beziehungskistentisch' (der jeweilige Ausdruck hängt von dem ab, der gerade hinter dem

Tresen im *Aufschwung* das Bier einfüllt), es ist jedenfalls der Tisch direkt neben dem Klo, und das Paar ist mitten im schönsten Streit. »Warum mußt du mir immer die Wahrheit sagen«, giftet sie. An ihren Ohren zieht beidseitig schweres Messing und hält ihren Kopf im Gleichgewicht. »Denkst du, ich will immer deine dämliche Wahrheit wissen!« Der Junge sagt nichts. Er schaut auf den Bierdeckel. Er zählt die Striche. Vielleicht rechnet er sich auch nur seine Chancen aus. Er kommt schließlich zu der Überzeugung, daß es wohl doch ratsamer ist, den Mund aufzumachen. »Ich wollte ein harmonisches Verhältnis«, flüstert er. »Das glaub' ich dir nicht.« Sie ist jetzt wirklich groß in Fahrt. »Dann hättest du mich nämlich angelogen. Wenn du gelogen hättest, hätten wir das harmonischste Verhältnis, das du dir vorstellen kannst.«

»Da war'n sie grad bei McDonald's und kauen noch auf ihrem Hamburger rum, und als nächstes geh'n sie auf die Demo und sind gegen den amerikanischen Imperialismus«, bezieht Jürgen im *Strandcafé* deutlich Stellung, während aus den Lautsprechern statt der üblichen Rock- und Reggae-Musik Mahlers *Kindertotenlieder* für das richtige Bewußtsein sorgen. »Vielleicht haben ihnen die Hamburger nicht geschmeckt«, meint einer im Vorbeigehen achselzuckend. Der Golfkrieg interessiert ihn nicht weiter, solange seine Sachertorte nicht persönlich bedroht und sein Espresso heiß genug ist. Andere schreiben 'Kill Bush' an die Mauer und plädieren für den Frieden. Er plädiert für eine golfkriegsgesprächfreie Zone in den Kneipen.

Der Junge mit dem Globus unter dem Arm sieht nicht nur so aus wie ein guter alter Bekannter, die wirkliche Überraschung kommt, als ihn jemand anspricht: er heißt auch noch so. Er ist es trotzdem nicht. Aber die jahrelange Verwendung ein und desselben Namens hat bei beiden einen ganz ähnlichen Ausdruck hervorgebracht. Als hätten dieselben Laute, mit denen sie seit je gerufen wurden, auch diesselben Winkel und Linien und Ecken aus ihren Gesichtern geschliffen: und jetzt herrscht Gleichklang in ihren Zügen, und ihre Mienen reimen sich.

Im *mal seh'n* zirpen sich die Righteous Brothers einmal mehr durch Kurts Lieblingslied. Ein Bursche, der sich das wollweiße Souvenir seines Tunesienurlaubs vierfach um den Kopf gewickelt hat, macht sich auf den beschwerlichen Weg zur Theke, um sich für seine luftgetrocknete Salami eine zusätzliche Portion Senf und Gurken, »viel Gurken«, geben zu lassen; der müde Ventilator an der Decke verteilt den Rauch in der Luft ein bißchen gerechter im Raum. Und an dem Tisch in der linken Ecke stillt eine kleine Trauergemeinde ihren Schmerz über das Aussterben der grünen Gummibärchen kräftig mit einem Tequila nach dem anderen. Die Trauer ist groß. Der Tequilaspiegel in der Flasche sinkt. »Also bitte, das Zeug kann man doch nicht mehr ernst nehmen«, beschwert sich einer der Leidtragenden bitter und wischt das beanstandete Bärchen vom Tisch. Seit die künstlichen Farb– und Aromastoffe so brutal entfernt worden sind, dämmern die einstmals vor Farbe funkelnden *Haribos* freudlos und bleich in ihren Tüten dahin. Inzwischen kann man nicht mal mehr Süßigkeiten ungesund genießen. Also dann, her mit dem nächsten Tequila.

Kaffee und Zigaretten. Ein perfektes Paar. Eine nahezu ebenso unvermeidliche Kombination sind — zumal in London — Bushaltestellen und Tabakläden. Warten und Rauchen. An dieser Zusammenstellung ist was Zwingendes, etwas so überzeugend Angebrachtes an der Vorstellung: sich eine anzustecken, während man nach dem roten Doppeldecker Ausschau hält: das ist so richtig, daß das eine ohne das andere kaum mehr denkbar ist.

Die kleinen Schmerzen, die man ständig und ganz freiwillig zückt, um sich die großen vom Leib und in Schach zu halten. Das Quentchen Unglück, das man sich vorsichtshalber selbst immer wieder zufügt, um die Götter nicht neidisch zu machen auf zuviel Glück: denn sonst wollen sie unser Verderben und fahren mit dem Schicksal hart dazwischen. Die Prisen Tod, mit denen man sich ein Leben lang impft, um am Ende gegen das Sterben immun zu sein.

Man überquert die vertrauten Straßen immer an derselben Stelle. Wie ein stures Stück Vieh, das den einmal ausgetretenen Pfad blind für jede andere Möglichkeit wieder und wieder entlangtrottet. Eine Sache simpler Gewohnheit, wie so vieles, und man muß sich nicht jedesmal neu um den Weg kümmern und hat die Aufmerksamkeit frei für erhebendere Dinge. Witzig wird es, wenn man mit jemandem unterwegs ist, der seine eigenen Furten durch das Viertel gelegt hat: und der eine zerrt nun an dem Gang des anderen herum, und man gerät aus dem Tritt und aus dem Tag, und selbst die Straßenlaternen stehen am falschen Platz.

Nacht, und man bleibt mal wieder bei *MTV* hängen: diesmal sind's die Stones. Die Stones, die immer noch gründlich greifen. Jagger steht und stülpt "I can almost hear you sigh" durch seine schlingernden Lippen, während Keith nachlässig eine Handvoll Akkorde wegwirft, Almosen unter die Bettler, verächtlich fast, er hat's halt und streut's unters Volk. Keith, der in einem seiner Interviews einmal einen noch größeren Philosophen zitiert hat: "If this system is the answer, it must have been a bloody silly question." Und mit äffischer Geste fischt er sich eine Zigarette von irgendwoher und schiebt sie sich ins schief grinsende Maul.

Die Deutschen reimen Herz auf Schmerz, in England ist es brain, das sich mit pain im Gleichklang befindet.

Es gibt eine Zeit im Frühling, da fallen kleine schwarze Steine vom Dachrand, fallen hart und schnell, nur, um Sekundenbruchteile später knapp über dem Bürgersteig ihre Flügel zu entfalten und sich als Vögel zu entpuppen.

Immer unterwegs und in Bewegung. Die Wohnung wechseln (ein Lieblings–Sport von Robert Walser: allein in Zürich zog er 17 mal um, weitere 15 Mal in Bern, dazu die Adressen in Biel, Basel, Stuttgart und Berlin), die Freunde, die Überzeugungen. "Just think of me as one you never figured" (Neil Young). Das Leben zielt nach einem, "you better run, you better hide" (Ray Davies), auch wenn es nichts nützt und Rennen zwecklos ist: so sehr man es auch möchte, so hart man es versucht: man kann sich nicht aus dem Fadenkreuz von Ort und Zeit begeben. Aber wenigstens kann man es dem Schicksal ein wenig unbequemer machen, einen anzuvisieren. Unruhige Ziele sind schwerer zu treffen. Und in dem Film *Nächtliches Indien* fällt der bemerkenswerte Satz: "Ich verbringe nie mehr als eine Nacht in demselben Hotel."

In Paul Austers Roman *Moon Palace* unterhält sich der Held mit Wassern aller Art. Flüsse sprechen mit ihm, Brunnen, das Wasser in der Leitung und in der Regenpfütze, selbst die Kloschüssel schreckt vor einem Dialog mit ihm nicht zurück. Es ist vor allem der letzte Punkt, der einer Dame auf der Toilette im *Aufschwung* eingeleuchtet zu haben scheint. Stundenlang argumentiert sie hinter geschlossener Tür und unter Ausschluß der sich langsam davor stauenden Öffentlichkeit vor sich hin. Bis schließlich ein letztes protestierendes Rauschen den Disput beendet und das gar nicht so stille Örtchen für die nächste Sitzung freigibt.

Und dann die Rätsel, die man sich durch einen einzigen Blick aus dem Fenster wie einen Spreißel unter die Schädeldecke reißt: wieso kann derselbe Mann, den man gerade unten aus der Haustür treten sah, im selben Moment in der Wohnung gegenüber die Aspidistra neben seinem Fernseher gießen?

Jene Bücher, die auf durchscheinend dünnem Papier gedruckt sind. Das feine Knistern beim Umblättern der Seiten: als würde man die Worte wie teure Pralinen aus hauchzartem Stanniol wickeln.

"There is a world outside of this room" versprechen die 10.000 Maniacs. Also schaut man aus dem Fenster und sieht nach. Und sieht Paare, die sich mit einem dezenten Gute–Nacht–Kuß vor den Haustüren verabschieden, und Hunde, die dezent aufs Pflaster scheißen, und Leute, die der Scheiße dezent ausweichen, oder Leute, die sich die Scheiße dezent vom Schuh streifen, wenn das mit dem Ausweichen nicht rechtzeitig geklappt hat. Man zieht sich vom Fenster wieder in die Zimmermitte zurück. Mag sein, daß da draußen eine Welt ist. Vor diesem Fenster liegt sie nicht.

Kein Fleck, den sie nicht unbedingt weghaben wollen. Kein Stäubchen, das vor ihnen sicher wäre. Und sie putzen und schrubben und scheuern an sich und der Welt herum und tilgen mit dem Dreck auch jede Spur von Leben. Und natürlich den Hinweis auf Tod und Verfall. "Dust to dust." Auf mehr läuft es letztendlich nicht raus, und genau daran wollen sie nicht erinnert werden. Ihre glänzend polierten Tischplatten spiegeln beim Drüberbeugen lediglich die Vision des augenblicklichen Gesichts wider und konfrontieren den ängstlichen Sauberkeitsfanatiker nicht durch ein störendes Schmutzteilchen mit seiner post–mortalen Version.

Connemara. Steine, Licht und Meer. Hochmoore, die in Schlaf und Traum übergehen, von Seen zersplitterte Mondlandschaften, Regenbogen, und in den Felsen bricht der Ginster unbeherrscht und gelb in Flammen von offenem Wahnsinn aus. "All this and heaven, too." Und diese Himmel sind Jahrtausende alt und reichen Jahrtausende weit. Es ist ein wüstes Land, wild und roh und von gewalttätiger Schönheit, nicht zu bändigen und zu nichts zu gebrauchen. Es ist einfach da. Und man selbst ist da, genauso einfach und klar und direkt wie das Land, man ist da: das ist alles, und das genügt. Man hört auf, sich wie in den Städten Sorgen zu machen und Pläne, die man dann Tag für Tag getreulich mit dem Finger nachfährt. Man hört auf, sich das Leben auszudenken: man lebt.

Die pathetische Vertrauensseligkeit, mit der sich Blanche Dubois am Schluß von *Endstation Sehnsucht* dem chevaleresken

Irrenarzt überantwortet: "Ich habe mich immer auf die Güte von Fremden verlassen."

Bob Dylan in Offenbach. Vielleicht die letzte Gelegenheit. Es war, als würde man noch einmal schnell ans Krankenbett eines alten Freundes eilen, bevor es zu spät ist. Nur, daß man nicht mit einem Blumenstrauß oder der obligatorischen Tüte Obst oder einem Krimi unterm Arm anrückt, sondern mit einer Eintrittskarte für 45 Mark und wenig Hoffnung. Dylan kam, kippte seine Stimme vornüber ins Mikrophon und war verloren. Ein kleiner Junge, der nach seiner Mutter quengelt. Gequengelt hat er schon immer, aber das war ein böses Quengeln gewesen, voller Verachtung, voller Lärm und Wut, und hieß etwas. Seine Stimme fraß sich wie Säure durch die Worte und zerfraß sie zu unverständlichen Resten; sein Grinsen, schäbig und vor Gehässigkeit verbogen, seine glitzernde Heimtücke und all sein Zorn: und er stand und stampfte mit dem Fuß und forderte. Rücksichtslos. Es stand ihm zu und verdammt, er wollte es haben. In Offenbach forderte er nichts mehr. Was bleibt, ist ein kleiner Junge, der allmählich realisiert, daß die Mutter nicht kommt, sie hat ihn allein gelassen, und aus Dylans maßlosem Quengeln ist ein verängstigtes Wimmern geworden.

Die Namib, der Grand Canyon, Connemara. Landschaft und Leere. Uralter Raum, so weit das Auge reicht. In dieser Unendlichkeit des Blicks verliert sich die Zeit mit der zunehmenden

Ferne. Die Jahrhunderte stehen. "... you can see forever", nichts rührt sich, und alles ist. Die Städte dagegen stellen sich quer und verstellen die Sicht und halten die Brennweite begrenzt; der Blick reibt sich an der schroffen Nähe und schlägt sprühende Sekunden aus jedem Hindernis und kurze, flackernde Bewegungen, die sich gegenseitig aufheben. Die Zeit ist knapp und vorbei, bevor sie wirklich war. Ohne Distanz gibt es auch keine Dauer.

"It's a long way to Tipperary." Er kann nicht annähernd so lang sein wie der Marsch vom Tisch zur Toilette in den Kneipen und Lokalen von London. Durch Vorhallen, durch Hinterhöfe, durch weiße Flure, an deren Wänden die ersten Resultate hoffnungsvoller Nachwuchsmaler sorgfältig explodieren, treppauf, treppab, zwei Stockwerke rauf oder eins runter, vorbei an angelehnten Türen, »you shouldn't wear a wig on a stormy day like this«, gibt eine erfahrene Frauenstimme zu bedenken, vorbei an scheppernden Küchen, die das Geheimnis britischer Kochkunst weiterhin gnädig in Dunst und Dampf hüllen, an Müllsäcken vorbei, an vergessenen Regenschirmen und abenteuerlichen Blumenarrangements, durch den Hall und die Öde leer liegender Gesellschaftszimmer, durch mit Kisten vollgestopfte Keller. Man läuft. Man kommt rum. Und man amüsiert sich dabei. Die Engländer tun was für die Verdauung.

Man geht, sich ein Forsythe–Ballett anzuschauen, und findet sich einem Sammelsurium bizarrer Vorschläge gegenüber: Pläne, Träume, blaue Skizzen, Statuen, die mit dem zwölften Schlag für eine Stunde lebendig werden, fremdartigen Gesetzen gehorchende mechanische Systeme, heimliche Feste fern der Felsen, Planetenkonstellationen und elektronische Stürme, alternative Entwürfe zur herrschenden Realität, die unterirdischen Terracotta–Armeen chinesischer Kaiser, *Arrangements in einem Vergnügungspark*, Gegenwelten. Manche der Bilder bleiben strikt im Abseits, andere ziehen — wie eine Häkelnadel Maschen hochholt — beunruhigende Erinnerungen aus dem Schlamm der Seele ins Licht der Bühne. 'Try another world' fordert eine leuchtende Neonreklame Gerard Depardieu in Jean–Jacques Beinixs Film *Der Mond in der Gosse* auf. Forsythe bietet eine Auswahl davon an. Man muß die gewünschte nur ankreuzen.

Und Robert Mitchum, Schriftsteller, Komponist, Philosoph, ein "Löwe im Käfig mit der Seele eines Poeten", der Mann, der nichts als "Wärme, Schutz und ein Bett" braucht und Statussymbole so nötig hat "wie eine zusätzliche Achselhöhle" und sich mit belustigt hochgezogenen Brauen, Schauspielerei und sardonischen Kommentaren die Welt vom Leib und aus allem raushält. "Listen, I've read only one newspaper in three years. I figure, if things get really tough, they'll sound the siren."

Die Iren sind dem Beispiel der Engländer gefolgt und seit einigen Monaten dabei, ihre Ein–Pfund–Noten durch harte Münzen zu ersetzen. Eine Maßnahme, die den Alltag und die Taschen zusätzlich erschwert, aber bei dem verstärkten Wind auf der Insel durchaus Sinn macht: mit dem Gewicht, das man jetzt gezwungen ist, mit sich herumzuschleppen, behält man die Füße fest auf dem Boden. "I was grounded", singen die Waterboys. Da hilft nur eins: das nächste Pub aufsuchen, und weg mit all dem Wechselgeld.

Wenn der Wind sich gegen Ende des Tages unten in den Straßen sammelt und eine Handvoll Vögel nach der anderen hoch und quer über den Himmel wirft, Vögel über Vögel, schwarze Schwärme, die den hilflosen Himmel heimsuchen, Vögel, unruhig, ungenau und überall, unzählige Vögel und immer noch mehr, es hört nicht auf und sieht nicht länger wie Vögel aus, sondern als sei der Himmel von einer tödlichen Seuche befallen.

»Du küßt mich immer nur, wenn du besoffen bist«, beschwert sich eine Kurzgeschnittene im Kleinkarierten vehement, das Messer mit der Orangenmarmelade in der einen Hand, die *Rundschau* in der anderen. Es klingt nach ernsthafter Mißbilligung. Ihr langbeiniger Freund senkt den Kopf und fingert an dem Lakritzfaden herum, der ihm vorne am Hemd herunterhängt. Er zieht ihn gerade. Womöglich ist es gar kein Lakritz, sondern Leder und seine Vorstellung einer eleganten Krawatte. »Ich brauch' eben einen gewissen Anlauf«, rechtfertigt er sich schließlich, »wie Weitspringer. Die tun's auch nicht aus dem Stand.« — »Aber die springen weiter«, hält sie ihm zusammen mit dem Marmeladenmesser entgegen. Er kaut auf dem Ende des Lederfadens herum. Vielleicht ist es doch Lakritz. »Und außerdem«, er spuckt den schwarzen Faden aus (nein, Krawatte, eindeutig), »kannst du dich wirklich nicht beschweren. So oft, wie ich besoffen bin … .«

Ein Flugzeug nach dem anderen zieht seinen steten Strich flach durch den Horizont: die Linie, die den Tod des Patienten signalisiert.

In London gehen die Uhren anders. Jede für sich, und die Zeit gegen alle. Auf der Bahnhofsuhr von St. Pancras ist es acht, über dem Elektrogeschäft paar Schritte weiter fünf vor elf, »halb zwölf«, sagt ein in seinem eiligen Gang unterbrochener Banker nach einem Blick auf sein linkes Handgelenk, und von einem

Glockenturm im Nordwesten fallen vier schwere Schläge. Während man nach der Uhr bei *Selfridges* schon zwanzig Minuten zu spät wäre, lassen einen die Zeiger an der Ecke der Tottenham Court Road wieder auf ein pünktliches Erscheinen zum Fünf–Uhr–Tee hoffen. Andere Zifferblätter, andere Zeiten. Zeit ist Verhandlungssache, von Uhr zu Uhr verschieden, da stimmt nichts überein, nichts ist abgesprochen und auf nichts Verlaß. Time? What time? Man hat die Sache selbst in die Hand zu nehmen.

Daß es eine Gegend gäbe, in die man unbedingt gehörte, einen Ort, in den man so genau hineinpaßt wie das eine fehlende Teil des Puzzle–Spiels: und nur, wenn man dort ist, ist die Landschaft vollständig.

Er steht ruckartig vom Tisch auf, als sie das Café betritt, stößt sich das Knie an der Platte und streckt ihr die Hand zur Begrüßung entgegen. Sie nimmt sie und sagt nach einer knappen Begutachtung seiner Rechten: »Aha.« Befriedigung in der Stimme, die Mutter, die ihren Jüngsten bei einem mittleren Verstoß gegen die guten Sitten erwischt hat: »Du hast mal wieder im Observer gelesen.« An ihren Händen sollt ihr sie erkennen. Schwarz heißt schuldig. Dieses verräterischen Indizes nimmt sich eine andere englische Zeitung an und verspricht ihren Lesern in den Underground–Stationen auf großen Tafeln: 'Unsere Worte bleiben in Ihrem Kopf hängen, nicht an Ihren Fingern.'

Ein roter Luftballon hat sich aus einer Kinderhand gelöst und steigt hoch, an dem Grün der Bäume vorbei und höher in das Blau des Himmels. Die Leute stehen und sehen dem entschwindenden Rot hinterher, zielloses Sehnen im Blick und ungenaue Wünsche, die noch weiter weg ins Vage steigen, klein und kleiner, das Rot verliert sich langsam aus den Augen, wird schwarzer Punkt, der sich zum Nadelstich zusammenzieht, dann steht der Himmel wieder leer. Und die Leute schieben ihre Kinderwagen weiter, kaufen in der nächsten Bäckerei drei Käseschnecken und gehen auf die Bank, um die Heizkostennachzahlung an ihren Vermieter loszuwerden.

Was immer mehr fehlt, ist der Mut zur eigenen Meinung. Das bißchen Standfestigkeit, das es erfordert, einen persönlichen Standpunkt zu vertreten. Schon die Frage, wie ihnen dieses Buch oder jener Film gefallen hat, bringt sie ins Stottern und Schleudern und erschüttert ihr kleines Selbstbewußtsein wie ein Schälchen Wackelpudding. Und nicht fähig, mit einem privaten Urteil rauszurücken, greifen sie — höllisch erschrocken, daß ein derart kühnes Ansinnen an sie überhaupt ergangen ist — blindlings hinter sich ins Regal und zerren theaterwissenschaftliche Theorien, die *FAZ*–Kritik von letzter Woche oder den armen Adorno auf den Plan. Alles, jeder, nur nicht sie selbst.

Später Spaziergang durch die Nacht, an stillen Häusern vorbei, an parkenden Autos, an Fassaden, vorbei an Zimmern,

Stockwerk über Stockwerk, kühl, duldsam und gefüllt mit fremdem Schlaf. Und irgendwo im Nordend plötzlich das Fest oben hinter den Fenstern: die Dunkelheit aufgerissen von Lärm und Licht, eine entzündete Wunde, in der fieberndes Vergnügen wühlt. Gelächter schlägt in die Straße, Hitze, Musik, dazwischen zwei kreischende Stimmen, nochmal lauter als die gutgelaunte Hysterie, schriller Streit und Applaus, dann fliegt ein Päckchen Sauerkraut aus dem Fenster und zerplatzt unten auf dem Asphalt. »Du Schwein«, schreit jemand empört, »du hast dich geduckt! Jetzt haben wir nichts mehr zu den Würstchen.«

“Kein Bild ist Betrug”, behauptet Georg Britting. Welt, festgestellt und festgehalten von der Kamera, belegter Augenblick, Dokument. Was ist wahr an dem, was man da sieht, wieviel Wahrheit steckt hinter den photographierten Tatsachen? Der Offizier hat dem Vietcong die Pistole wirklich an die Schläfe gesetzt, hat wirklich abgedrückt; der Soldat auf Capas Aufnahme hat wirklich seine Arme hochgerissen und war tot, und Robert Capa hat in exakt dieser Sekunde des Todes sein berühmtes Bild geschossen. Die Fakten stimmen. Es hat stattgefunden. Aber wieviel Arrangement, wieviel Absprache ist davor über die Bühne gegangen, um diese Fakten zu schaffen, die das belichtete Material hinterher beweist? Von den *Paris Match*–Photographen ist bekannt, daß sie im Angola–Krieg — wenn ihnen bis zur monatlichen Deadline noch nichts Brauchbares vor die Linse geraten war — wahlweise den Freischärlern oder den Regierungstruppen paar Scheine zuschoben: und die brachen dann brav und geschäftsgemäß ein photoreifes Gemetzel vom Zaun. Wahr genug: die Menschen krepierten wirklich, das Blut war echt.

In *Citizen Kane* beauftragt Orson Welles einen Reporter, über den Krieg in Cuba zu berichten. "There is no war in Cuba", sagt der Reporter. Woraufhin der Zeitungsfürst antwortet: "You provide the article, I'll provide the war."

Die Demut der Opfer. Die Dinge, die sie zu tun bereit sind, um es vielleicht doch noch abzuwenden. Auf den Knien, im Kot, im Dreck, bettelnd, die Seele anbietend, die Überzeugung, die Freunde, alles, alles, kein Stolz mehr, kein Ich, kriechend, winselnd, ein Lumpen Angst, zu jedem Verrat willig, und keine Scham mehr, keine Scham. Man kann die Täter dafür hassen, daß sie das aus Menschen machen, daß sie Menschen so weit bringen, aber man kann nicht umhin, die so entsetzlich Erniedrigten dafür zu verachten, daß ihnen das Leben lieber ist als die Würde.

Ein vergessener Ball auf einem leeren Spielplatz, das im Rücken gebrochene Buch neben dem Stuhlbein: Mitleid mit Dingen ist eine wunderbare Art, die wild im Körper kursierende Rührseligkeit an ein konkretes Objekt zu binden und unter Kontrolle zu bringen. Gebündelt, begrenzt, gebannt, was immer, jedenfalls nicht länger unberechenbar und imstande, ziellos im System herumzuwandern und da und dort Schaden anzurichten.

Endlich in sicherem Gewahrsam wie ein erfolgreich bekämpfter Virus, von den weißen Blutkörperchen gestellt und eingeschlossen, und tut nicht weiter weh.

Aber dann die animalische Sinnlichkeit, mit der sich Frederick Valk (der tschechische Vulkan, dessen Othello 1946 den englischen Theaterkritiker Kenneth Tynan tagelang um Fassung und Seelenfrieden gebracht hat: "... seinen Hunger nach dem verlorenen Paradies hat er durch einen Hunger nach rotem Fleisch und Schlacht ersetzt.") in *Dead of Night* die Brille aufsetzt. Nicht nebenbei. Nicht einfach so und rationell, und weil er sie gerade braucht. Das passiert groß und umständlich, eine Geste stumpfer Ohnmacht, die alle Aufmerksamkeit um sich staut. Seine massiven Pranken, wie zwei ungeschlachte Riesen, packen die Bügel, drücken das Gestell der breiten Stirn auf und ziehen es von dort mit unwirscher Abgefundenheit nach unten und über die Augen. Ein Akt grollender Einsicht. Nicht für lange. Es bedarf nur eines sekundenhellen Augenblicks von entschiedenerem Zugriff: und die Brille steckt ihm zerbrochen in den Händen.

Die einzigen staubfreien Stellen in der Wohnung des alten Ehepaares waren die beiden Flecken auf dem Fensterbrett, wo sie jahrelang und Tag um Tag ihre Ellbogen aufgestützt hatten, um nach draußen zu sehen.

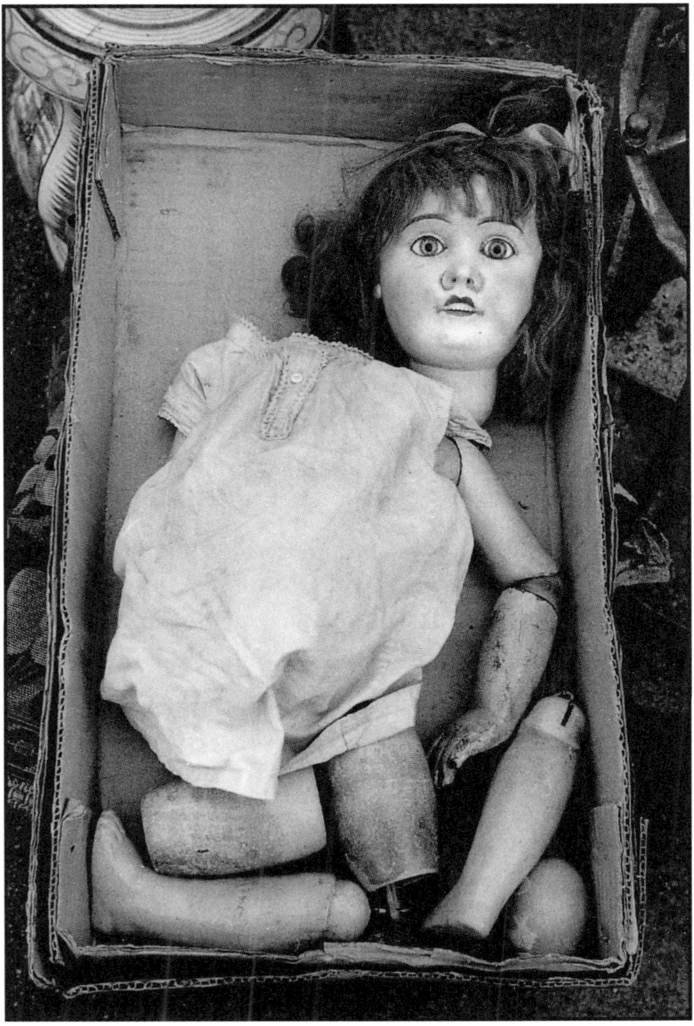

Ein Anruf nachts aus New York. Bei dem Herausgeber einer Jugendzeitung, der Abbildungen haßt wie ein alttestamentarischer Gott und deshalb keine von sich duldet, landet trotzdem die Großaufnahme seines Gesichts auf dem Schreibtisch. Nach einem Blick darauf trägt er sie zornig zu dem Täter, er hält sie für seitenverkehrt. Die Narbe, die von einer Messerstecherei herrührt, ist auf der falschen Seite seiner Nase. Nein, sagt der Photograph, sie ist genau da, wo sie hingehört. Aber wenn ich in den Spiegel schaue, sagt der Herausgeber, ist sie auf der anderen Seite. Ja, sagt der Photograph, weil du dich im Spiegel seitenverkehrt siehst. »Ich habe also«, sagt der Herausgeber erschüttert nachts am Telephon, »die ganze Zeit ein falsches Bild von mir gehabt.«

»Der fortschreitende Rückzug ins Private geht mir ganz schön auf die Nerven«, beklagt sich die makellos aufgemachte Mittvierzigerin im *Strandcafé* und streicht sich eine neue Schicht Rouge auf die Lippen. Der Mann mit dem wunderbar sortierten Bärtchen, der vor ihr sitzt wie ein Wirtschaftswissenschaftler vor einem unlösbaren Problem, sagt nichts. »Ich meine«, sagt sie, »schau dich doch um«, und sie schaut sich um, »die Revolution ist tot.« Das Café erweckt in der Tat nicht den Eindruck, als ließe sich hier mit einem Putsch viel Staat machen. Also hält der Mann am Tisch weiterhin seinen Mund. Sie nicht. »Das einzige, was die alten 68er noch regelmäßig praktizieren, sind die Fußballnachmittage am Samstag im Ostpark. Nichtmal mehr einen trinken gehen kann man mit ihnen, weil sie dauernd mit ihren vier Packungen Pampers unterm Arm heim zu ihren Säuglingen rennen.« Der Mann am Tisch betrachtet sie unschlüssig. »Özür dilerim«, sagt er dann freundlich, »servis geliyormu?«

Leute, die in gemessener Eile durch die Hallen der Museen schreiten, ein Blick nach links, zwei Blicke nach rechts, und die Gemälde sind abgehakt, vor einem Turner wird auch mal länger pausiert oder vor einem Monet, die Namen kennt man, und man weiß, was man der Bildung schuldet. Das war die Pflicht. Das Vergnügen wartet im Foyer: Tische und Ständer voller Reproduktionen der Gemälde, und die Ausstellungsbesucher drängen sich begeistert um die Kunst auf Karten und können sich kaum bremsen und können sich nicht sattsehen an den kleinen bunten Bildchen, stundenlang, und tun und machen und kaufen, was das Zeug hält, »vergiß nicht, den Steinfinks müssen wir auch noch schreiben«, und schleppen schließlich ab, was sie nur irgend in ihre Handtaschen stopfen können.

Die Ampel in *Twin Peaks*. Allein in leerer Nacht. Das Grün steht hoch oben am dunklen Himmel. Niemand fährt. Gelb. Niemand zögert. Rot. Niemand hält an. Signale für Geister. In einem Ort, den es nicht gibt. Die Zeit hat ihre Zeiger fallen lassen, das Böse in der Schwebe und bereit, mit wehenden Haaren in die reale Gegenwart zu stürmen. "... the face you hoped you'd never see but always feared you would", prophezeien Marillion düster in *The Uninvited Guest*. Überall in der Stille platzen

Schrecken auf und verheilen wieder und bleiben ohne Bedeutung. Nur der Schnee zählt. Der Schlaf. Und die Ampel am Ende der Welt, das rotglühende Auge des Zerberus vor dem Eintritt in die Ewigkeit.

»Haste mal 'ne Zigarette«, verlangt der Typ im großkarierten Flanellhemd. Der Junge hinter der erhobenen Zeitung blickt nichtmal auf: »Ich rauch' nicht.« — »Das sagen sie alle«, winkt der Großstadtcowboy ab und schlurft rüber zum nächsten Tisch. Die zwei dort haben Wichtigeres zu tun, als Tabak in Brand zu setzen. »Ich dachte immer«, wundert sich der bayerische Saxophonspieler, »Frauen seien sexueller.« — »Ich nicht«, behauptet das Mädchen mit der Stupsnase von sich. »Bist du 'ne Intellektuelle?« fragt der Bayer mißtrauisch. »Ne, ich bin ganz gesund.« Der Bayer hat seine Zweifel. »Frauen entdecken doch jetzt, also, sie kriegen doch die Kinder. Aber sie wissen nicht, daß das nur eine Folge ist. Angefangen hat es mit dem Plankton. Doch«, versichert er vehement, als die Stupsnasige kopfschüttelnd in ihr Hörnchen beißt, »alles Leben kommt aus dem Plankton. Jetzt machen's halt die Frauen.« — »Plankton war also der reine Sex?« will sie kauend wissen, mal sehen, ob sie das auch richtig verstanden hat. »Ha, du bist doch 'ne Intellektuelle«, ruft der Bayer. Der Typ, der irgendwann mal eine Zigarette wollte, steht immer noch an ihrem Tisch. »Ich glaub', ich spinn'«, sagt er, »da geht man ins Café, um in Ruhe eine zu rauchen, und dann kriegt man die halbe Evolution um die Ohren geknallt.«

Die Italiener haben Gesetze, damit es was zu lachen gibt und etwas, über das sie sich hinwegsetzen können. Die Deutschen befolgen sie. Sie brauchen die Paragraphen, die ihnen das Denken abnehmen, ihre Bedürfnisse lassen sie sich von amtlichen Bestimmungen vorbuchstabieren, und statt der Eigenständigkeit tut es ein Erlaß. Persönliche Verantwortung? Nicht, solange es Verhaltensmaßregeln gibt, nach denen sie sich richten können. Und 3 Minuten nach 22 Uhr unterbricht ein wütendes Klingeln an der Tür das Klavierspiel des Pianisten. Nicht Manns genug, für sein Interesse selbst einzutreten, hat der kleine Bürger verbissen in seiner Wohnung ausgeharrt, bis er sich laut Verordnung offiziell und so richtig rechtschaffen empören durfte.

So langsam fangen sie an, aus ihren Ecken zu kriechen, die einsamen Cowboys, verlassen die Bar, an der sie jahrelang herausfordernd abweisend gelehnt haben, die Damen mit ihren Blicken auf Distanz haltend und den Rücken gedeckt: von keinem verirrten Gefühl zu erwischen. Einsam, aber schneller, und aus der Einsamkeit haben sie ein Geschäft gemacht. Jetzt machen sie damit nur noch Verluste. Sie kommen herüber an die Tische, an denen die Welt zusammenhockt, und scheißen auf ihr Image und schmeißen ihre Karten ungefragt und offen in die Runde, inzwischen mutig oder verzweifelt genug für soviel Geständnis: »Ich bin allein.« So attraktiv finden sie das nicht mehr und wollen es nicht länger sein. Und die vielen Frauen schauen ganz verunsichert, wenn diese Bastion männlicher Härte und Unangefochtenheit vor ihren Augen so kläglich zusammenbricht:

jetzt gibt es nichts mehr, was zwischen ihnen und dem Leben steht.

Ein Sonntagnachmittagspaziergang durch den Wald. Man bückt sich nach einem der glänzenden Tannenzapfen, die man als Kind tonnenweise und sehr zur Freude der Eltern (»Das ist jetzt aber genug. Glaubst du, ich will den ganzen Wald in der Wohnung haben!«) mit nach Hause geschleppt hat. Daß Tannenzapfen Barometer seien, ist eine jener vagen Weisheiten, über die irgendwer einmal etwas Dezidierteres gewußt hat, und dann sind sie wie die 'Stille Post' von Generation zu Generation durch sämtliche Familienmitglieder kursiert, bis man das Wissen am Ende völlig verstümmelt in die Hand gedrückt bekam: wenn der Zapfen dicht geschlossen ist, wird es kalt, bei schönem Wetter gehen die Schuppen auf. Jahre später bringt man von dem Waldspaziergang so einen Wetterpropheten in die Wohnung mit. Die Schuppen sind aufgegangen. Die Manteltasche ist voller kleiner Tierchen.

Die Leute, die, schon heftig zugesoffen, mit klirrender Überzeugung von sich sagen, sie könnten machen, was sie wollten, sie würden ums Zerplatzen nicht betrunken. Und hinterher wissen sie von nichts. Nicht, daß sie auch nur im mindesten einen sitzen hatten, erst recht nichts von ihrer kühnen Behauptung. »Quatsch, Mensch. So besoffen kann ich gar nicht gewesen sein.«

Gekleidet wie ein Gentleman. Weißes Hemd, Anzug, Krawatte, gestochen scharfe Frisur. Ein Mann zum Ausgehen, einer, dessen leicht angehobene Augenbraue die Kellner zum Springen bringt. Und dann verrutscht sein Hosenbein, und man sieht, daß seine Füße nackt in den festen schwarzen Lederschuhen stecken. Der Anblick seiner unbekleideten, hilflos exponierten Knöchel ist ein Schock: die schadhafte Stelle, an der die Perfektion auffliegt. Als sei er nicht in der Lage, ausreichend Sorge für sich zu tragen, als sei er sich zu irgendeinem Zeitpunkt seiner Herrichtung einfach entglitten: seine Aufmerksamkeit hat nicht gereicht, den ganzen Weg zu gehen. Er ist unvollständig und angreifbar. Und man fühlt sich wie bei einem Besuch im Pflegeheim, wo gebrechliche Patienten im Bademantel durch die hellgrün gestrichenen Flure zu den Toiletten schlurfen.

»Ha«, sagt er befriedigt, als sie eine ihm unbekannte Bewegung macht, »jetzt hab' ich dich erwischt. Jetzt weiß ich, wie du wirklich bist.« Hat er sie also endlich durchschaut. Die meisten Menschen sind nicht gewillt, das Gewöhnliche und Normale, das ihnen Tag für Tag begegnet, für bare Münze zu nehmen. Es muß etwas dahinter stecken. Als sei das Typische zu offensichtlich, um wahr zu sein. Als hätte die Welt nichts besseres zu tun, als ihnen ständig etwas vorzumachen.

Es ist viel schwerer, eine Dummheit einzugestehen, als ein Vergehen. Ein Schuft zu sein, das hat noch einen gewissen Stellenwert, daraus läßt sich was machen. Ein Esel dagegen … . Also macht man sich lieber schuldig als lächerlich.

"'Ich habe in ein Buch über die Kabbala hineingesehen', sagte Sijben. 'Jüdische Zahlenmagie, und 11 taugte nichts, es ist die Zahl der Verrückten.'" (Janwillem van de Wetering: *Das sichere Gefühl*)

Herzhaft angeekelt starrt die Dame mit der Silbersträhne auf den Teller ihrer Tischnachbarin im Café. »Dir ist hoffentlich klar, daß du ungeborenes Leben vernichtest.« Das Mädchen ißt seine Rühreier trotzdem auf. »Ich war zu hungrig, um darauf zu warten, daß Hühner draus werden«, sagt es und schnippt ein Schnittlauchröllchen von ihrem Pullover. Es landet im Aschenbecher. »Treffer«, kommentiert ein junger Mann und stellt seinen doppelten Espresso auf dem Tisch ab, »ist bei euch noch frei?« Die Dame mit der Strähne legt ihre gesamte Wochenration Abweisung in die Stimme: »Wir sind gerade in einer Diskussion.« — »Tja«, er kratzt sich nachdenklich an seiner linken Hinterbacke, und da ihm nichts weiter einfällt, nimmt er seinen Espresso und zieht weiter. »Was für eine Diskussion?« will das Mädchen wissen. Die Dame reißt ein Blatt von dem kleinen Strauß Astern: »Ich kann Leute nicht leiden, die aussehen, als hätten sie unter einer Brücke geschlafen. Das verdirbt mir den Appetit.« Das Mädchen steht auf. »Ich hol' mir noch einen Kaffee«, sagt es und setzt sich an den Tisch zu dem Vagabunden.

Briefe, oder auch Bücher, die zu nahe kommen, die zu dicht sind und zu persönlich, um sie zuhause lesen zu können, allein, in der Stille der eigenen Wohnung, die durch die einfache Selbstverständlichkeit der geschriebenen Worte noch stiller wird: und man flieht in ein Café und liest die Zeilen im Schutz der Öffentlichkeit weiter und zu Ende, verdünnt die konzentrierte Wahrheit mit der aufgeregten Beliebigkeit zwischen den Tischen, wo sie von teuren Sonnenbrillen reden, von der Lethargie der Jugend und von Amerika, »hier ist der Golf von Mexiko und rechts ist der Atlantik«, und daß man da immer noch zwei Garnituren *Jockey*–Unterwäsche für drei Dollar kriegt.

Trüber Morgen, als hinge ein verwaschener Lumpen vergessen auf der Leine, Mahnungen im Briefkasten und der Hinweis auf einen Räumungsverkauf, das Telephon hat sich seit Stunden nicht mehr mehr gerührt, und man geht lustlos aus dem Haus. Und dann der Augenblick in der Straßenbahn: zwei Jungen auf dem Heimweg von der Schule, weggegeben an ein Spiel, bei dem es um schnelle Reaktionen geht und darum, dem jeweils anderen ein Fünf–Pfennig–Stück abspenstig zu machen. Man schaut zu, amüsiert zuerst und aus der Entfernung, und ist dann so ins Zuschauen aufgegangen, daß man richtig mitgeht und zusammenzuckt, wenn so eine kleine Hand vorschießt, um nach der Münze zu grabschen. Man grinst über sich und schaut auf und sieht dieses Grinsen auch auf dem Gesicht einer älteren Dame, die sich für einen Moment nicht ganz so fest an den Griff ihrer Handtasche klammert, und man grinst sich zu: ein Lächeln des

Einverständnisses über dem Spiel der Kinder, Verschworenheit mit jemandem, den man gar nicht kennt, ein Bund, schnell geschlossen und gleich wieder gelöst: aber er fällt ins Gewicht gegen all die Widrigkeiten für den Rest des Tages.

Der Schreck, wenn man nachts gedankenverloren aus seinem Fenster in ein erleuchtetes im Haus gegenüber starrt: und plötzlich geht das Licht aus: ein helles Tischtuch, das einem mit einem harten Ruck unter dem Blick weggerissen wird, und er steht auf der reinen Schwärze. Das bringt einen wieder zu sich.

Irgendeine Ausstellung im *Steinernen Haus*, zu der man unterwegs ist, Photographien von irgendwelchen Tschechen oder

Bilder aus Italien, weiß der Henker, irgendwie glaubt man, sei mal wieder ein bißchen Kultur vonnöten, um die heruntergewirtschaftete Laune mit paar unvertrauten Schönheiten zu tapezieren, jedenfalls unterwegs zu besseren Zeiten, doch da die *Kleinmarkthalle* auf diesem Weg liegt, beschließt man, die Kunst noch ein wenig zugunsten der profaneren Sinnlichkeiten zu vertagen. Und dann verliert man sich ganz schnell an die Tomaten und die Trauben, fette, schwarze Oliven aus Griechenland und brasilianische Guaven, das eilige Durcheinander der Sojasprossen, Erdbeeren hauen heftig rot auf den Putz, das rigorose, kurzangebundene Gelb der Bananen, der Feldsalat in zufriedenem Grün. Es riecht nach Zimt und Muskat und nach Rosmarin, nach scharfem Rettich, bitter riecht es, fremd und nach verdorbener Süße. Und Früchte gibt es, orangefarben und mit dicken kurzen Stacheln, die nach Tiefseefischen aussehen: Max Beckmann hat Pflanzen manchmal so gemalt, daß man unschlüssig ist, sind das jetzt noch Tulpen oder schon Tiere, und bei Max Beckmann wird man wieder an die leidige Ausstellung erinnert, zu der man inzwischen gar keine Lust mehr hat aber in disziplinierter Pflichterfüllung trotzdem geht. Man hätte es lassen sollen. Gegen so viel pralles Leben konnte die Kunst nur abstinken.

Glatte Namen, Namen ohne harte Konsonanten wie R oder K oder Z, die den reibungslosen Fluß aufhalten, Widerstand in den geschmeidigen Ablauf einziehen würden, Hindernisse, an denen sich das Bewußtsein staut und sichtbar wird, nein, nicht die, sondern Namen, die beim Nennen aufwandlos ins Gespräch gleiten wie sanfte Schlangen und sofort unter dem Laub verschwunden sind.

Scorseses Remake des finsteren Films *Cape Fear*. Sie haben es mal wieder versaut. Das tun sie inzwischen in der Regel. Weil sie aufs ganz falsche Pferd setzen. Nicht mehr um Geschichten geht es, sondern um deren aufwendige Verkleidung. Sie legen auf die Art, wie sie die Dinge darstellen, mehr Wert als auf die Dinge selbst. Und man sitzt und starrt, fasziniert mitunter, hoch auf das, was da auf der Leinwand vor sich geht, die Aufmerksamkeit verfängt sich in der Aufmachung und bleibt in den virtuosen Gewandtheiten hängen, und man kommt nicht ran und fragt sich, ob es unter oder hinter all den Verzierungen und Verrenkungen über haupt noch eine Geschichte gibt. Sie haben von der Geschichte einen Gipsabdruck genommen und die Hohlform prachtvoll ausgegossen. Man starrt auf die Leinwand und starrt auf eine Totenmaske.

Im Café sitzt einer und greift verträumt in seine Zigarettenpackung und wühlt und streicht und fingert in der geöffneten Schachtel herum, es macht nicht den Eindruck, als ginge es ihm wirklich darum, eine zu rauchen, seine Gedanken sind ganz woanders. Und der am Tisch bei ihm sitzt, wird ganz unruhig, abrupt steht er auf, und »ich muß unbedingt meine Freundin anrufen«, sagt er und rennt zum Telephon.

Rituale. Dahinter kann es geschehen. Hinter diesem schirmenden Dickicht gezüchteter Gesten, die durch einen einmal festgelegten und beharrlich wiederholten Ablauf irgendwann so vertraut sind, daß man sie nicht mehr spürt. Man hat alle Gedanken frei, in seinem Hirn Schaden oder Wunderwerk anzurichten und das Geröll ins Rutschen zu bringen.

"Elf ist die Zahl der Sünde. Elf überschreitet die Zehn Gebote." (Friedrich Schiller: *Piccolomini* – II. Akt, 1. Szene)

Die Tage in tausend kleine Handlungen zersplittern, und eine streitet die davor getane ab, ein Satz hebt den gerade gesagten auf, dauernde Leugnung, und immer in Bewegung, als suche man, sein Dasein zu verwischen. Wer steht, muß standzuhalten fähig sein; und der Angst, sich festlegen zu lassen, weicht man durch panische Ortswechsel aus. Versuchen kann man es. Aber »wie du dich auch drehst und wendest«, seufzt die erfahrene Dame aus dem Erdgeschoß mit ihrem Einkaufsbeutel in der Hand, »der Arsch ist immer hinten.«

Das Licht ist in die Tage zurückgekommen. Frühlingsabend, und man geht vom Café an den ersten Lichtern der Wohnungen vorbei nach Hause und überläßt sich willig der tändelnden Traurigkeit, die nichts Bestimmtes will. Anders als die Schwermut im Herbst, die vom Bedauern handelt, vom

Wissen ums Ende und von den Stunden, wenn die Farben und die Leichtlebigkeit Erinnerung geworden sind, und die sich im besten Fall als reife Abgefundenheit an den Scheiben der Seele niederschlägt, spielt die milde Melancholie des jungen Jahres Ahnungen an, Erwartungen, die um die Einlösung ersuchen, die man eigentlich gerne vermieden sähe. Es ist die Zeit vor dem Ereignis, die Zeit in der Schwebe, die Zeit, bevor die Versprechungen und Verheißungen Gestalt annehmen und festgezurrt werden. Dann haben die Andeutungen aufgehört und sind Tatsachen geworden und bestehen unnachgiebig auf sich selbst. Und nichts ist mehr möglich, weil alles schon ist.

Am Nebentisch spricht einer über Teshigawaras Tanzetüde in Glas und dunklem Blau, immer noch fassungslos vom Vorabend und maßlos beeindruckt, »... und keine Ahnung, worum es da eigentlich ging. Aber irgendwie hab' ich trotzdem alles kapiert. Und besser, als wenn ich es wirklich verstanden hätte.« Es gibt ein Begreifen, das das Denken unterläuft. Das nicht den vermittelnden Umweg über Worte nimmt, sondern einfach und gezielt durch die Deckung des Bewußtseins schlägt und trifft: mitten ins Herz, wo das Wissen ungehindert explodiert und Unruhen anrichtet. Keine durch Bezeichnungen gefangengesetzten Gefühle, die dann sicher verwahrt und ungefährlich hinter den Gittern des Verstandes auf- und abtigern und nichts bewirken. Sondern Gefühle, die sich, von keiner Nennung gezähmt, wildernd Bahn brechen und Phantasie reißen.

Die langsamen Lieder. Man kommt eher rein in die Songs, die sich Zeit lassen und gemessen und gründlich Takt schieben; die ruhigen Musikstücke erleichtern einem den Einstieg und nehmen einen mit auf die Reise, die gemächlich vonstatten geht: und man überläßt sich ihnen ganz und gar, man überantwortet sich: für alles ist Sorge getragen. "Because I couldn't stop for death, he kindly stopped for me", wußte Emily Dickinson um den Trost des Todes, der sich einem mit gelassener Zuwendung annimmt. Man ist gut aufgehoben. Schnelligkeit sperrt aus. Rasche Grenzziehung. Man kann nicht aufspringen auf die Nummern, die hastig vorwärtsstürmen und sich ernsthaft mit der Zeit anlegen und einen atemlos machen, als sei man schon stundenlang hinterhergehetzt. Man steht mit pochendem Puls vor dem vorüberrasenden Zug, und der Blick wird schmerzhaft über die vorbeieilenden Fenster gezerrt wie ein Stock über Zaunlatten, und man bleibt auf dem Bahnsteig zurück.

Die Dinge, die man jahrelang an sein Herz genommen hat: in einem frühen Brando-Film die Szene im Schnee, eine Kurzgeschichte von Tschechov, Oliviers Stimme, eine englische Schriftstellerin, eine Liedzeile von Ray Davies. Und man kann nicht davon lassen, bei paar der vernunftbegabteren Freunde die Vorzüge dieser Vorlieben immer wieder inbrünstig zu preisen, man gerät — von keiner besseren Einsicht zu vornehmer Zurückhaltung gerufen — hemmungslos ins Schwärmen, bis den armen Irregemachten die Sache einzuleuchten beginnt und ihnen kein anderer Ausweg bleibt, als selbst in Begeisterung auszubrechen. Sie eignen sich die eine oder andere dieser Passionen an, nehmen sie in Besitz. Und jetzt geschieht etwas Seltsames. Man bezieht plötzlich Stellung gegen seine alten Lieblinge. Man flickt ihnen am Zeug und macht sie in den Augen derer, denen man sie einst mit allen Mitteln anheimstellte, nieder, um sie ihnen wieder auszutreiben. Man hat das blöde Gefühl, die lange gehegten Obsessionen gehörten einem nicht mehr, und man will sie zurück haben. Die Dinge, die einem einfach dadurch genommen werden, daß der Enthusiasmus, den man bei einem anderen für sie in Gang gesetzt hat, den eigenen übertrifft und ihn gegenstandslos macht.

Die Sehnsucht nach Ferne und die Unmöglichkeit, sie jemals einlösen zu können. Wohin und wie weit man auch fährt, die Ferne erreicht man nicht. Wenn man da ist, hat sie aufgehört, Ferne zu sein. Das Ende des Regenbogens. Man kommt niemals an. Und genau darum geht es: um das Sehnen selbst. Sehnsucht wie eine dauernde wehe Entzündung in sich zu tragen, das bloße Verlangen unter den Nägeln brennen zu lassen. Um den Wunsch geht es, nicht um seine Erfüllung. Das Córdoba, von dem Lorcas Reiter wußte, sehen wird er es nie.

Manchmal sind es die Augen, in denen sich das Wesen einer Person sammelt, die Art, wie sie schaut: und man begreift, was sie will und ist. Manchmal sitzt es in den Händen. Die Hand, die sich mit knöcherner Gier um das Grappaglas krallt, mit dünnen, bleichen Fingern wie Wurzeln, als gelänge es doch noch, in diesem Abend festzuwachsen und der starken Nacht zu trotzen. Die Hand, die müde über die Sessellehne strähnt wie ein Streifen Haar, der sich aus der festen Ordnung der Frisur gelöst hat und willenlos herabgefallen ist. Durch die geöffnete Klotür trifft der Blick auf einen, der sich die Hände so heftig und verzweifelt wäscht, als wolle er sie ausziehen. Macbeth, Macbeth. "... all the perfums of Arabia ... ." Und der, der im Café sitzt, und als er glaubt, sie sähe nicht hin, legt er für einen atemlosen Augenblick seine Hand auf ihre Handschuhe neben der dunkelgrünen Kaffeetasse.

Man muß aufpassen. Man gewöhnt sich zu leicht. Selbst Dinge, die einem zuwider sind, bringen es fertig, die gesunde Abneigung, mit der man sich gegen sie gefeit und sicher glaubt, aufzuweichen, wenn sie nur lange genug Bestandteil der tagtäglichen Umgebung sind. Unangenehme Worte, beispielsweise. Lächerliche Begriffe wie 'kafkaesk'. Blöde Ausdrücke wie 'total gut'. Die natürliche Abwehrreaktion, die der erste Aufeinanderprall mit solchen verhaßten Bazillen hervorruft, wird durch ihre ständige Wiederkehr geschwächt und muß immer mehr durch schieren Willen und Anstrengung ersetzt werden. Das kostet zuviel Kraft, um auf Dauer den Widerstand aufrechterhalten zu können. Und irgendwann hört man dann irgendwen in unmittelbarer Nähe eines dieser Wörter aussprechen und stellt mit Entsetzen und Beschämung fest, daß man selbst es war.

Man hört auf, sich zu fühlen, wenn man glücklich ist. Was man spürt, ist das Glück, haltlos vor seligem Jubel schlägt man über alles hinaus. Man hat nicht länger Gestalt und wäre umrissen, sondern ist reiner Zustand, der sich weiter und weiter ausdehnt, Empfindung, in die Welt mischt, Raum und Zeit, und die nie und nirgendwo endet. (Für die Angst gilt, mit negativen Vorzeichen, etwas Ähnliches.) Schmerz hingegen bringt einen auf den Punkt und zu sich selbst, Schmerz zieht das Ich scharf und Grenzen ein. Man ist exakt dort, wo es weh tut, außerhalb dessen gibt es nichts, was fühlbar existieren würde.

»Seit ich meine Autoscheiben geputzt habe, seh' ich andauernd Leute, die ich kenne«, wundert sich Axel im *Strandcafé*.

Die Beine von Negerinnen. Nicht, als liefe da eine Person entlang, sondern als würden Kinder am Meer mit dünnen Stöckchen ihre Strichzeichnungen in den feuchten Sand kritzeln.

Das Buch an dem er gelinde interessiert war, gab es nicht mehr: und von da an wollte er es unbedingt haben. Er fing an, zu forschen und fragen, durchstreifte sämtliche Läden in allen möglichen Städten, wühlte sich durch ein Gehölz von Kisten und Regalen und ging jedem Hinweis nach. Wie besessen suchte er nach dem Buch, und nach ein paar Monaten lag es auf seinem Schreibtisch und lag Monate später immer noch da, ohne daß er einen Blick hineingeworfen hätte. Sein Verlangen, das Buch in die Finger zu kriegen, war ungleich größer als sein Interesse an dem Buch selbst. "He only enjoyed pursuits — he couldn't handle conquest", hat Brian Cox über G. B. Shaw geschrieben.

Es kostet Mühe, **einfach** zu sein. Und Mut. Gradlinige Straßen sind bis in die Ferne zu überschauen. Man ist leicht auszumachen, preisgegeben und überprüfbar. Da weichen die meisten doch lieber ins Komplizierte aus: in den verwinkelten Gassen sind sie schnell um die Ecke und außer Sicht, und ihr Kreuz und Quer durchs Gewirr der Wege vertuscht ganz wunderbar ihre Unentschiedenheit und daß sie eigentlich gar nicht wissen, was sie wollen und wo es langgeht.

Die Reihenfolge war anders. Es war nicht so, daß sie sich in einen verliebte, der leider weit weg wohnte: und deshalb schrieb sie ihm Liebesbriefe. Sondern, weil sie Liebesbriefe schreiben wollte, suchte sie sich einen, der weit weg wohnte. Er war nur insofern wichtig für sie, weil er ihr den Grund und das Ziel für ihre Leidenschaft bot.

Aufbruch in der Nacht, Nachtwanderung, damals, der große Saal der Jugendherberge voller blinder, huschender Bewegungen und kleinem Gewisper, als hätte jemand darin herumgerührt und die Träume durcheinandergebracht, und dann drängte und stolperte und drückte das hinaus, und in der zurückgelassenen Stille standen die Betten leer, in denen noch Schlafreste schwelten und Wärme zog. Und draußen die Kälte, die aus dem einen raschelnden Haufen dreißig einzelne Körper stanzte. Die weitdehnende, deutliche Dunkelheit der Ebene, die sich bald zu dichtem Wald zusammenpreßte, Stimmen, bis zur

Unförmigkeit vermummt, und das schwere Atmen des Unheimlichen, das von dreißig pochenden Herzen am Leben gehalten wurde.

Sie blieb an der Tür stehen und prägte sich den Raum ein, bevor sie ihn betrat. Jedes Buch, jede Platte, wie weit der Aschenbecher auf dem Schreibtisch von dem Stapel Papier entfernt war, in welchem Winkel der Ledersessel von der offenen Balkontür stand und wie weit diese geöffnet war: alles riß sie sich mit ihrem gründlichen Blick ins Gedächtnis und heftete es an die Innenwand ihrer Stirn. Dann erst ging sie ins Zimmer hinein. Sie konnte sich jetzt unbesorgt darin aufhalten und sich seiner Dinge bedienen, und wenn sie es später wieder verließ, würde sich alles genau an dem Platz befinden, an dem es sich zuvor befunden hatte. Nichts würde auf ihre vorübergehende Anwesenheit hinweisen, sie würde kein Zeichen, keine Spur hinterlassen, ihr Aufenthalt ohne Auswirkungen sein. Und wenn sie ging, würde sie auch die Zeit wieder mitnehmen, die sie darin verbracht hatte.

»Mein Gott, Uwe«, sagt sie ungeduldig, als er vor lauter schwerwiegender Bedenken mal wieder nicht vom Fleck kam, »du nimmst alles so ernst. Für dich geht's immer gleich um die Existenz, selbst wenn's nur um ein dreckiges Unterhemd geht.« Aber der Ernst, den sie ihm vorwirft, ist nicht echt, ihm liegt keine Überzeugung zugrunde, er ist gewollt, ein vorgenommener

Ernst, eine blanke Behauptung gegen die insgeheime Befürchtung, daß in Wahrheit nichts von Bedeutung, nichts von Belang ist. Gegen die generelle Gleichgültigkeit zückt er den Ernst, letzte Waffe, Drohgebärde, wie um zu beweisen, es geht ihn — allen anderslautenden Gefühlen zum Trotz — doch etwas an.

Als er, nachdem sie sich schon lange kannten, das erste Mal ihren Namen sagte, sie direkt und unmittelbar ansprach, das erste Mal: er berührte sie mit ihrem Namen, und ihr war, als würde ihr die kleine pelzige Zunge einer Katze über das bloße Herz fahren.

Das bösartige Knarzen eines Saxophons: die verspannte Tür zum Dachboden, die sich widerstrebend einen Spaltbreit aufquält: und dahinter der Geruch nach totem Holz, Staub und trockenen Stunden. Geruch, der einen kielholt: und man treibt willenlos über die Erinnerung auf die Kindheit zu. Strandung, als der Raum hinter der Tür noch eine selbstgewählte Verbannung war, ein Verbündeter gegen die Phantasielosigkeit der baren Welt, und man sich mit den geheimnisvollen Möglichkeiten, die die tiefe Truhe barg, maskierte. Tausend Leben, damals, und jetzt das armselige eine, nicht eingelöste, letzter Pfandschein in der Manteltasche. In der Dämmerung hinter der Stirn hockt der Pirat auf der leeren Kiste und liest sich das Schwarze aus den Zähnen wie ranzige Mutmaßungen über das Ende.

Das ist ein Irrtum, zu glauben, Geschenke hätten immer was mit Zuneigung zu tun, seien die hübsch verpackte Veranschaulichung dessen, was der andere einem wert ist. Man schenkt oft nur, um sich aus den Umarmungen freizukaufen, Lösegeld, Präsente statt der Liebe, die nicht ist, und mit den Geschenken sucht man das Gegenteil zu beweisen. Geschenke sind kein Beleg der Liebe, sondern die Kompensation für ihr Fehlen.

Michael, ein Amerikaner in Frankfurt, der seinen Cappuccino im *Strandcafé* kalt werden läßt, während er von Jesse, einem jüdischen Schneider in New York, erzählt. Wie er vor vielen Wintern bei dem Alten in Flanellunterhosen rumsaß und darauf wartete, daß der ihm sein einziges Paar Hosen zusammenflickte. Bei der Arbeit brach dem Schneider ein Fingernagel ab. Er hob ihn auf, knotete ihn sorgfältig in ein Taschentuch und verstaute ihn in einer Schublade. "Man schmeißt sein Leben nicht weg", sagte er zu Michael. Und Michael, Jahre später, sagt bei einem kalten Cappuccino im *Strandcafé*: »Und hier sitze ich, bin nichtmal ein richtiger Jude, und übersetze Bücher anderer Leute.«

Schlachthöfe und Entertainment. Dort, wo es früher blutig zur Sache ging, das Vieh sich zu Tode brüllte und die Hände der Metzger tropften und dampften, kreischen sich heute Ein–Kalorien–Künstler des extra leichten Geschmacks das Blaue von der Seele. Sie zerren sich mit allen möglichen technischen Mitteln das Innenleben aus dem geschundenen Leib. Sie leiden, was das Zeug hält. Anderthalb Stunden lang verrecken sie öffentlich, um sich anschließend in der Kantine bei einem saftigen Steak wieder zu Kräften zu bringen.

In London lesen die Leute in den U–Bahnen. Sitzend oder im Stehen, selbst in der rush hour noch, wo die Glieder vom Gedränge so verrenkt werden, daß die Fahrgäste wie Entwürfe von Picasso aussehen, bringen sie es fertig, in den Spalt zwischen ihrem Gesicht und irgendeinem fremden Körperteil paar bedruckte Seiten zu schieben. Und sie lesen den letzten Klatsch über Jagger und lesen *Krieg und Frieden* und lesen von den nach Leeds heimkehrenden Vertretern, die im Konferenzraum des *Royal Station Hotels* volle Aschenbecher zurücklassen. Sie lesen sich aus der Realität in die Welten daneben und schaffen es trotzdem, ihre Stationen nicht zu verpassen.

Absichtsloses Tun bringt die Zeit zum Stillstand. Sie vergeht nicht mehr, weil keinem Schritt ein nächster folgt. Das Treten auf der Stelle stoppt die Laufmasche der schwindenden Stunden. Die Minuten stehen und werden stickig wie ein ungelüfteter Raum, den man wochenlang nicht verläßt. Alles bleibt so, wie es ist. Die Leute hantieren vor sich hin, ohne Richtung und Ziel, jobben sich durch die Jahre und können beruhigt das Gefühl für die Vergänglichkeit verlieren.

Zu viele Bilder. Zu viel Welt auf einmal. Ray Milland, der in einem frühen Roger Corman–Film wünschte, er würde alles sehen können, durch alles sehen, und kein Vorhang und keine Mauer, nicht Ding noch Lebewesen stünde seiner Vision im Weg, könnte seinen alles durchdringenden Blick zum Stillstand bringen. Ray Milland kriegt, was er will, und damit mehr, als er auch nur halbwegs verkraften kann. Er sieht, sieht und sieht, und all der Schmutz und all das Grauen und all das Leid, zum gnadenlosen Sehen verdammt, Schlachtfelder, "infants quarter'd with the hands of war", er kann sich vor den Bildern nicht retten, Blut und Folter, er sieht, den Revolverlauf an der Schläfe des Vietcong, vor Hunger aufgequollene Bäuche, er muß sehen und sehen und kann nicht aufhören zu sehen. "The horror", flüstert Kurtz am Ende von *Heart of Darkness* bis ins Herz entsetzt, "the horror." Und Milland sieht und schreit und findet selbst unter geschlossenen Lidern keinen Schutz vor dem Anblick der Welt und keinen Schlaf, für seine brennenden Augen gibt es keine geschlossenen Lider, er schreit, sieht, sieht und schreit, es gibt nur noch eins, was ihm bleibt, Blendung, und er schreit und reißt sich die Augen heraus. Schwärze macht sich in den leeren Höhlen breit, Schwärze, in der er sich endlich wimmernd verkriecht.

In der Hitze werden die Städte stiller. Die Sonne hat ihnen eine harte Droge injiziert, und sie liegen da, bleich und benommen und nicht dazu imstande, die Benommenheit abzuschütteln. Alles hält inne, wartend, wartend, wehrloser Ort ohne Ton und Geheimnis, Ort, entblößt bis auf die Fakten, die der Tag schonungslos und strikt exponiert. Es ist etwas Unwirkliches an dieser lautlosen Helligkeit, etwas Beunruhigendes in der offenen Leere. “Just step into the arena”, singt Bob Dylan. Die Dinge stehen bereit, was geschehen soll, geschieht. “There’s a black Mercedes rolling, so the combat is on.” Keine Wahl. Und keine Möglichkeit, noch einmal davonzukommen.

Die Frau im Zug, die, das geöffnete Buch sicherheitshalber unter dem Blick wie ein Netz für den Notfall, dann doch lieber aus dem Fenster schaut und wollüstig in der Landschaft liest: die Welt in ihrer umständlichen, verschwenderischen Ausführlichkeit, die Dinge selbst statt ihrer Verknappung auf dürre Zeichen; Symbole: vom Fleisch gefallenes Gerippe, nur Sinn und Knochen. Sie sitzt und schaut hingebungsvoll nach draußen, und unter ihr der Zug schiebt rostigen Lärm die Schienen entlang.

Der Wind, wenn er richtig weht und wie ein Irrwisch durch die Straßen fegt, macht es einem unmöglich, über den nächsten Schritt hinauszuschauen. Man ist vollauf damit beschäftigt, standzuhalten. Kein Raum mehr für Pläne und große Ideen, keine Hand frei für feine Empfindungen. Wenn die Natur sich von der Kette gerissen hat und wütend über einen herfällt, gibt es nur noch die Auseinandersetzung mit ihr, hier und jetzt und ausschließlich, und alle Zukunft fällt unter den Tisch.

In der Bäckerei wählt die ältere Dame mit Bedacht ein Dreikornbrötchen — »Nein, nicht das, das da links, das so schön rund ist.« —, geht nach draußen und brockt es ins Gebüsch, in dem es sofort schwarz und heftig zu rascheln beginnt. »Vögel«, sagt sie als Erklärung, »Amseln. Man kann doch nicht einfach mitansehen, wie die armen Tiere die vergiftete Umwelt fressen und sterben.«

Viele Leute leben in ständiger Befürchtung, sie würden nicht um ihrer selbst willen gemocht, sondern wegen ihrer Schönheit, ihres Erfolgs oder schlechtestenfalls wegen ihres Reichtums. Aber gemocht werden wollen sie nun mal, also tun sie die Dinge, von denen sie hoffen, sie würden den anderen die Zuneigung aus der Tasche ziehen. Die Attraktiven sind aus dem Schneider, sie können von weiteren künstlichen Verrenkungen Abstand nehmen. Denn das haben sie früh begriffen: hübschen Kindern streicht man öfter übers Haar. Die weniger gelungenen müssen sich dafür schon etwas einfallen lassen. Die fangen dann an zu singen oder zu forschen oder zu dichten, oder sie werfen sich auf den Sport, um den Vorsprung an Sympathie, den die Schönen mitbringen, durch Leistung wettzumachen. »Dabei hat die das doch gar nicht nötig, so gut, wie die aussieht«, sagte ein Zuschauer verständnislos über eine Weitspringerin bei der letzten Olympiade. “Ich schreibe”, beantwortete ein lateinamerikanischer Erfolgsautor die Frage nach dem Warum, “um geliebt zu werden.” Und ein gutrasierter Kettenraucher beschwert sich im *Strandcafé*, seine Freundin hätte, nachdem sie bei ihm eingezogen sei, mit ihrer Malerei aufgehört, und lastet das in schnöder Verkennung seinem schlechten Einfluß oder ihrer Faulheit an. Anstatt zu sehen, daß das Mittel seinen Zweck erfüllt und damit ausgedient hat.

Die grob zusammengefügten B–Filme der Fünziger Jahre haben in ihrer Behelfsmäßigkeit etwas viel Wahreres als die mit Sorgfalt und Aufwand kunstfertig in Szene gesetzten Produktionen, bei denen jede Büroklammer perfekt ausgeleuchtet ist und jede Träne im richtigen Moment rollt. Die billigeren Streifen verschwenden weder Geld noch Gedanken an die Herstellung niet– und nagelfester Illusionen, und die Heroen holzen sich durch die Geschichte, daß die Späne fliegen. Laut und deutlich tun sie so, als ob, hart wie Klaviertasten stoßen Licht und Schatten aneinander, und das Fensterbrett liegt voll mit nützlichem kleinem Gerümpel, als hätte jemand seine Hosentaschen darauf ausgeleert. Es sind die Filme, die der Zeit am nächsten kommen, in der man als Kind eine Erwachsenenwelt nachspielte: man glaubte, dort würde es geschehen. Mit den zufällig in Reichweite liegenden Gegenständen behauptete man sich ein Universum aus Wundern und Abenteuern zusammen: ein Schuhkarton war ein Schloß, eine Schraube flog als Rakete zum Mond, und einen Maispinsel erklärte man zum Häuptling der Apachen.

Daß jemand ihretwegen die Weinmarke wechselt, oder sich ein Buch besorgt, das sie einmal im Gespräch erwähnt hat, oder nach Madrid fährt, weil sie Bilder davon gezeigt hat, daß sie sich also niederschlägt: das beengt sie, schränkt sie ein. Sie kann sich nicht bedenkenlos bewegen, kann nicht einfach etwas ins Blaue hinein tun oder lassen, ohne bei anderen eine Wirkung hervorzurufen. In dieser Wirkung ist sie nachweisbar. Ihre Existenz läßt sich belegen. »Kein Wunder«, sagen die Leute über sie, »daß sie so gerne schwimmt. Im Wasser hinterläßt sie keine Spuren.«

Kälte skizziert. Das Leben tritt hinter die Linien zurück, roher Entwurf, lückenhafte, in aller Eile grob hingestrichelte Welt, Vorläufigkeit. Architektonische Pläne, in der die Dinge lediglich angedeutet sind, Pläne für den Sommer, der sie vollendet ausführt und die Lücken schließt.

Geschichten, die schlecht ausgehen, schlecht ausgehen müssen, nachdem all die Seiten davor von nichts anderem gehandelt haben als von der ungeheuren Anstrengung, ein bestimmtes Ziel zu erreichen. Das kann nicht gut enden. Wenn die Helden nach soviel Schweiß, Angst und Pein auch noch den Lohn für ihre Mühe erhielten, ginge die Rechnung zu glatt auf, es bliebe kein Rest im Gefühl stecken wie eine Gräte, an der man hart zu schlucken hat. Aber ein Schluß, an dem das Scheitern steht: damit läßt sich was anfangen.

Er bestellt einen Espresso mit Süßstoff. Sie will einen Irish Coffee, schlägt ihr Buch auf und beginnt zu lesen. Er langweilt sich. Die Getränke kommen. Sie ist zu tief ins Lesen verneigt, um darauf zu reagieren. Er nimmt einen Schluck von seinem Espresso und langweilt sich weiter. Der Süßstoff macht die Sache nicht besser. Er räuspert sich. Sie brummt und liest weiter. Der Irish Coffee neben ihr wird kalt. »Dein Kaffee wird kalt«, sagt er. »Mmmh«, sagt sie. Er fährt fort, sich zu langweilen. Schließlich schaut er ihr ins Buch und liest den Satz "Hinter ihm rutschte 'Mad Dog' Bimsley auf einem toten Spatzen aus und stürzte." — »Was liest du denn da?« fragt er. »Christoph Fowler«, sagt sie, »'Über den Dächern von London'.« — »Ich lese am liebsten Frauenzeitschriften«, sagt er, »da erfahre ich immer so viel über mich.« Sie schaut auf die Uhr, springt erschrocken auf, schaut nochmal und setzt sich erschöpft wieder hin. »Ich hab' grad einen Riesenschreck gekriegt«, sagt sie, »ich hab' gedacht, es ist schon drei, aber es war bloß der Sekundenzeiger.«

Er sitzt auf dem Balkon und liest Zeitung, als er unter sich auf der Veranda die Freunde über Susanne reden hört. Seine Frau heißt Susanne. Er hört auf zu lesen und hört zu, und die Worte kriechen wie giftige Insekten in sein Ohr und zerfressen sein Hirn. Sie reden über Susanne, die sich nie abgeneigt zeigt, Susanne, auf die man zurückgreifen kann, wenn Not am Mann und ihr eigener außer Haus ist, Susanne, das Flittchen. Ihm wird weiß ums Herz. »Ich muß mal wieder nach München fahren und sie besuchen«, sagt unten einer, von dem Gespräch angeregt und auf den Geschmack gebracht. Der oben auf dem Balkon vergeht fast vor Erleichterung. Sie haben über eine andere Susanne geredet. Seine ist nach wie vor unbefleckt, der Schreck überstanden und die Welt wieder in Ordnung. Und dann schämt er sich, schämt sich darüber, daß er bereitwillig und ohne einen Moment zu zögern diese Dinge von seiner Frau geglaubt hat, daß er sie stillschweigend und ohne weiteres einfach preisgegeben hat. Er hat Susanne verraten. Beinahe wünscht er, sie hätte getan, was über eine andere gesagt worden ist, und er hätte einen Grund gehabt für seinen Verrat und weniger Schuld.

Haufenweise Schuhgeschäfte, Hotels und Friseure und dazwischen Bars, die trotz rosa Kacheln, Chrom und Glas nicht als öffentliche Badezimmer mißzuverstehen sind, sondern wo nach wie vor Espresso und dolci an den teuer dafür zahlenden Touristen gebracht werden. Das Meer am Ende vieler kleiner parallellaufender Straßen, aber kein Zugang zum von sämtlichen Herbergen in tausend Körperparkplätze parzellierten Strand.

An der italienischen Adria fädelt sich in einfältiger Monotonie eine ganze Kette solcher Orte entlang. Da muß einer, um sich von den anderen zu unterscheiden, schon mit etwas Besonderem aufwarten. Zu diesem Zweck hat Cattolica vor dreizehn Jahren das *Mystfest* erfunden. Dieses Kriminalfilmfestival dient hauptsächlich als Pressefutter für die Zeit, kurz bevor die Saison so richtig am Brodeln ist: die Zeitungen sind voll davon, die Kinos leer. Bis auf die 21–Uhr–Vorstellungen: egal, was kommt, das Volk rennt hin, um es zu sehen, und die gefährliche Leerstelle zwischen Abendessen und Discobesuch ist auf die Weise wunderbar mit paar bunten Bewegungen gefüllt.

Shakespeare und die Freundschaft. Richtige Freundschaft, Freundschaft bis zum Äußersten, Freundschaft, die auch vor der Tötung des Freundes nicht haltmacht, wenn das die einzige Möglichkeit ist, ihn vor einem unerträglichen Leben zu retten. In *Julius Caesar* wird um diesen letzten Liebesdienst gleich zweimal ersucht, und sogar in einer Fernsehserie wie *Bonanza* fiel einmal der Satz: “Es ist leicht, einen Feind umzubringen. Aber wer bringt es fertig, einen Freund zu erschießen?” Dieses blutgetränkte Banner der Freundschaft, die über Leichen und Gesetze geht, und der selbst Überzeugungen, Ideologien und die eigene Ehre geopfert werden, schwenkt der Honkong–Regisseur John Woo in jedem seiner Filme mit eifernder Besessenheit: manisch, missionarisch wie einst D. H. Lawrence nicht aufhören konnte, seinen Lesern mit hämmernden Worten die allheilende Kraft der Sonne tief ins Bewußtsein zu treiben. Die Freundschaft, an die sich Chow Yun–Fat und zwei, drei andere Helden, die es besser wissen als der verkommene Rest der in Chaos und Materialismus versinkenden Welt, verzweifelt klammern. Die Freundschaft als kostbarer Anachronismus in einer aus den Fugen geratenen Zeit, und kein Hamlet, der es wieder richten würde.

Alte Frauen auf den Dörfern, ihre langen, weiten Röcke hochgezogen bis unter die Brust. Sie nicken sich Schritt für Schritt vorwärts, ziehen sich mit ruckenden Kopfbewegungen ihre paar Wege entlang wie Tauben. Die anderthalb Einkäufe, die sie gemacht haben, halten sie behutsam an ihr Herz gepreßt, fürsorglich, als gelte es, ein kleines Lebewesen in den Schlaf zu wiegen und zu beschützen.

Die zufälligen Arrangements der Dinge auf dem Bürgersteig, wenn man den Blick wahllos über den Boden schliddern läßt: der breitgetretene, schon halbverweste nackte Körper eines aus dem Nest gefallenen Vogels liegt da, und gleich daneben ein weggeworfenes silbernes Bonbonpapier, gerade groß genug, den winzigen Tierleichnam darin einzuwickeln.

Auf einer steilen Treppe kommt man plötzlich und unvermutet ins Stolpern: und man sieht sich schon stürzen, und der Schädel schlägt auf den steinernen Stufen auseinander wie eine Schale aus gebranntem Ton: und mit dieser schockartigen Vision flitzen kleine Schrecken wie Eidechsen durchs Herz, als liefen blitzschnelle feine Risse hindurch, die sich sofort wieder schließen. Man fängt den Sturz ab. Es ist nichts passiert. Nur der Rücken ist schweißbedeckt wie nach einer Fahrt durch die Maremma an einem Nachmittag im Juli.

Da sein, wo gewöhnliche Verrichtungen wie Gläserspülen noch Sinn machen und nicht bloß leere Gesten sind, angestrengt, mit denen man sich in den Hochburgen der Zivilisation gegen den durchorganisierten Alltag zur Wehr zu setzen sucht. In den Städten, wo für alles Sorge getragen ist und alles funktioniert, hat man es nicht mehr in der Hand, man kann höchstens so tun, als ob, und ein bißchen dürftiges Leben mit den Fingernägeln aus dem Rinnstein kratzen. Aber es gibt Gegenden, deren furchtbare Gleichgültigkeit den Fortschritt fernhält, Gegenden, unabänderlich und herrlich und einfach da, unbrauchbare, wüste, ewige Gegenden wie Connemara: und dort kriegen die kleinen konkreten Arbeiten einen anderen Tonfall und klingen auf einmal richtig: sie werden getan, weil es notwendig ist, sie zu tun, selbstverständliche Bewegungen, man hat alle Hände voll zu tun, sich dort zu behaupten, zu sein, und steckt bis zu den Ellbogen im Leben.

Mit einer Stimme, die vor Empörung knistert wie ein ärgerlich zusammengeknülltes Butterbrotpapier, beanstandet sie, daß Männer dem Verzicht auf Liebe offenbar mehr abgewinnen können als deren Erfüllung. Im Radio zieht Steve Young in ruhiger Abgefundenheit seine Bahn durch *All Her Lovers Want to Be the Hero* und gelangt zu der Zeile "I just take all the love she gives in the moment and leave her the freedom to go". — »Ja, und dann tragen sie ihr gebrochenes Herz am Hemd wie einen Sheriffstern«, sagt sie bitter, »und kommen sich groß und einsam vor. Tragik gibt eben was her. Glück nicht. Die Beatles, zum Beispiel. Was mich an *You Gonna Lose that Girl* schon immer geärgert hat, ist die Ergebenheit, mit der sie den Verlust hinnehmen, anstatt irgend etwas dafür zu tun, ihn zu verhindern.« Sie kann es nicht verstehen. "There is an obedience about men, that women can't understand", schreibt Alice Munro in der Kurzgeschichte *Eskimo*, "it's not the things men know about but the things they accept that make a difference. All obedience, acceptance, sadness."

Der Weg, den man öfter entlangfährt, das Lied, das man zum wiederholten Mal hört: und immer sind es dieselben Stellen, an denen sich die Aufmerksamkeit entzündet und aufflammt wie ein Streichholz und verbrennt. Immer wieder derselbe merkwürdig deformierte Baum auf der Strecke von Prata nach Follonica, immer wieder die Worte "I couldn't stand the heat in the kitchen ..." in dem Hiatt–Song *Stood up*. Von der Wahrnehmung vergrößerte und aus dem Zusammenhang gerissene Dinge. Man sieht den Baum und erkennt ihn wieder als den, der einem schon das Mal davor aufgefallen ist, und genau deshalb fällt er einem auf: eben weil man feststellt, es ist derselbe, den man auch beim ersten Mal bemerkt hat. Und jetzt ist er für alle Zeit gebrandmarkt. Wie eisern und entschieden man sich auch vornimmt, in Zukunft auf andere Dinge zu achten: es wird wieder derselbe Baum sein, an dem sich das Bewußtsein stößt und wach wird.

Der Augenblick, in dem man das Kino verläßt: Sekunde der Wehrlosigkeit, wenn das vom Film aufgerissene Gesicht sich noch nicht wieder zu einer Miene geschlossen hat, sondern unverheilt ist und roh. Preisgegebenes Gesicht. Vor dem Eingang wartet gedrängt schon die Menge auf den Beginn der nächsten Vorstellung, und ihre Blicke fallen über das bloßgelegte, ungeschützte Stück Gefühl her wie ein Schwarm Wespen über das Innere der Frucht.

Die christliche Erfindung des einen Gottes, der alles sieht. Der Nachrichtensprecher im Fernsehen, von dem die Oma glaubt, er schaue ihr beim Ausziehen zu. (»Nein, wirklich, guck doch mal, die Augen von dem gehen immer mit, wenn ich mich bewege.«) Orwells Schreckensvision 'Big Brother Is Watching You'. Der schwedische Religionsphilosoph, der dringend empfahl, sich auch im privatesten Winkel so untadelig zu benehmen wie in der Öffentlichkeit, weil man im dauernden Blickfeld einer allgegenwärtigen Macht stünde. Die Menschen brauchen einen Zeugen ihrer Existenz. Jemanden, der sie belegt. Als könnten sie es sonst nicht glauben.

GUNS

Zugegeben, es ist nicht einfach, sich mit den merkwürdigen Gepflogenheiten eines fremden Landes anzulegen, tief im Urlaub und fern der eingespielten Gewohnheiten, die man daheim gedankenlos und nebenbei absolviert.

Da muß man in Massa Marittima, getrieben vom zwölffachen Espresso im Bauch, irgendwann dann doch den Gang zum Klo antreten und steht nach einem umständlichen Weg natürlich vor verschlossener Tür. Gut, wartet man eben einen Augenblick. Solche Situationen kennt man aus 58 Witzen und persönlicher Erfahrung. Der Augenblick vergeht. Ebenso wie der nächste und der übernächste. Die Tür bleibt zu. Aber eindeutige Geräusche aus dem Raum dahinter bestätigen, daß dort tatsächlich einer dabei ist, sein Werk zu verrichten, und man es sich nicht etwa stundenlang sinnlos vor einer leeren Besenkammer verkneift. Der dann endlich, endlich als Erlöser aus der Toilette zum Vorschein kommt, ist Holländer; und ungeachtet der Tatsache, daß er sich zur Zeit in Italien befindet, schnattert er einem die Ohren voll mit holländischem Kauderwelsch, aus dem man nach weiteren wertvollen Augenblicken den Sinn herausgefiltert hat: das Klo sei verstopft, und er ginge jetzt zum Wirt, sich über dermaßen unzumutbare Zustände zu beschweren. Man winkt nur müde ab, sowas kann einen nicht abhalten, irgendwie wird das, was man drangvoll und gerade noch so in der Blase hat, schon noch dazu passen. Und vor Ort entdeckt man dann, was wirklich an Schweinerei passiert ist: der Niederländer hat, das Stehklo in schönem Unverständnis ignorierend, das Bidet als solches mißverstanden und genau dort hineingeschissen.

»Ich weiß nicht«, sagt sie zu ihrer Freundin, »aber ich identifiziere mich so sehr mit dir, daß ich immer ganz furchtbar leide, wenn es dir schlecht geht. Und dann träum' ich, ich wär' du, und dann wach' ich zitternd und schreiend auf wie nach einem Alptraum.« Menschen, die das Unglück in kleinen gut verträglichen Dosen von anderen abzapfen, weil sie kein eigenes haben, Schmerzschmarotzer, die, statt sich dem Leben aus- und ihr Herz aufs Spiel zu setzen, sich lieber bequem auf der Couch zurücklehnen und sich durch die Nabelschnur des Telephons mit fremdem Schicksal versorgen lassen.

Dieser seidige Sog, den Szenen im Zeitraffer bekommen: wenn der Film Dauer verneint und Vorgänge, die in Wirklichkeit Stunden, Tage und manchmal Jahre in aller Ausführlichkeit zurücklegen, zu schwindelnden Sekunden beschleunigt. Das ist, als schlürfe die Zeit das Geschehen ein, glatt und zügig wie ein Suppenesser die Nudeln.

Am Sonntagmorgen, wenn die Straßen von Kassel so ausgekühlt, grau und leer daliegen, daß es "außer dem Sterben nichts halb so Einsames" gibt wie den Klang der eigenen Schritte auf dem Bürgersteig, sind in den öffentlichen Grünanlagen Heerscharen von Frauen mit ihren Hunden unterwegs und arbeiten die Einkaufszettel für die kommende Woche aus, unter besonderer Berücksichtigung der an- oder abwesenden Familienmitglieder. »Am Dienstag ist der Erich über Mittag weg, da brauch' ich weniger Kartoffeln.« Eine Dame mit Dackel bückt sich nach etwas Buntem und läßt es angeekelt wieder fallen, nachdem sie festgestellt hat, daß es bloß ein verklebter Pariser und nicht weiter verwertbar ist. Neben einer Parkbank haben sich zwei Jogginganzugträgerinnen in ein Gespräch verstrickt, aus dem sie ein Spitz und ein Pudel an ihren Leinen vergeblich herauszuzerren versuchen. »Wie heißt der?« will die mit dem Spitz wissen, »Schmidt? Müßt' ich eigentlich kennen. Der Name sagt mir was.« — »Er hat 'ne Freundin, die schielt«, hilft die mit dem Pudel weiter. »Ach, der Schmidt«, schüttelt die andere den Kopf, »nee, den kenn' ich nicht. Der, den ich mein', hat einen Schnurrbart und eine Eigentumswohnung im Vordertaunus.« Eine Dogge fegt vorbei und wirbelt eine Menge Laub auf. Links und rechts vom Weg fressen die giftigen Beeren der Eiben tausende kleiner roter Löcher in den blassen Tag.

Geschichten, die in Australien spielen: und selbst, wenn sie nicht explizit davon handeln, liegt Weite hinter den Sätzen und offenes Land. Man liest, und es ist, als würde ein Fenster aufgestoßen, die Leere reicht bis in die Lungen, und man fängt tief und gleichmäßig zu atmen an.

Die Gesten von James Stewart haben etwas lasch Leierndes, als wären seine Hände, unbeholfen manchmal, zögernd und unsicher, ob sie wirklich das Recht dazu haben, aber stur trotzdem und unablässig damit befaßt, mit diesen behutsam leiernden

Bewegungen Worte von seiner Stirn zu wickeln wie einen Mullverband, der gewechselt werden muß.

Autofahrten laden zu Geständnissen ein. Man sitzt auf engem Raum beieinander, nebeneinander, hintereinander, aber sitzt sich nicht gegenüber. Man sieht sich nicht an. Spielart des Sprichworts: aus den Augen, aus dem Sinn. Kein warnender Blick, der einen davon abhalten würde, sich zum indiskreten Idioten zu machen. Ausschließlichkeit. Das Auto wird zum Beichtstuhl. Und bringt einen dazu, sich den Finger in die verstopfte Seele zu stecken und schamlos einen Schwall peinlicher Bekenntnisse zu erbrechen.

Mit dem Telephon klappt das noch besser. Da rücken die Leute mit Sachen raus, die sie schon immer gern losgeworden wären, sich aber von Angesicht zu Angesicht nicht zu gestehen trauten.

David Murray hängt am Saxophon wie ein Rauschgiftsüchtiger an der Nadel: und wenn er sich genug Stoff ins Herz geholt hat, fährt er auf den Tod selbst los, fährt ihm mit seinem Instrument grob zwischen die Rippen und scheucht garstiges Gelächter aus dem Skelett.

Die Menschen haben Angst vor dem Sterben. Nicht so sehr vor der bloßen Tatsache, aber der Gedanke, es allein tun zu müssen, bereitet ihnen gewisse Schwierigkeiten. Im Verbund mit möglichst vielen anderen ist die Vorstellung des endgültigen Abgangs nicht ganz so furchtbar. Je mehr, desto besser. Am liebsten gemeinsam mit der ganzen Welt. Dann gibt es kein Bedauern darüber, mit dem Tod vielleicht etwas verpaßt zu haben, keinen Neid auf die Zurückbleibenden, die ohne einen weiterfeiern. Die Party ist aus. Für alle.

Warum stößt man beim Weintrinken mit den Gläsern an? Ians Version über die Herkunft dieses Brauches stammt aus einem Jahrhundert, in dem die Dezimierung der feindlichen Bestände durch Giftmischereien à la Lucrezia Borghia ein beliebtes Gesellschaftsspiel war. Da man sich in derart riskanten Kreisen nicht darauf verlassen durfte, daß der bittere Saft ausgerechnet den eigenen Becher ausließ, stieß man vor dem Trinken kräftig damit an. Und ließ beim Anstoßen paar Tropfen des möglicherweise toxischen Trunks ins Glas des Gegners schwappen.

Draußen wühlen die Bäume wild und vom Wind maßlos aufgebracht in einem pechschwarzen Himmel, und drinnen legt sich ein Saxophon ins Zeug und klingt, als würde sich einer heftig die verschnupfte Nase schneuzen.

Die treibenden Nebel abends jetzt wieder: und die erleuchteten Fenster wechseln ihr Wesen. Und heißen nicht länger Geborgenheit und verheißen keinen Unterschlupf mehr, und daß da ein Platz wäre, an dem man sich sicher fühlen kann und ausruhen, die brennende Kerze am Ende der Reise; sondern die diffusen Lichtflecken wie erschrockene Wiesel, zitternd, mit gesträubtem Gelb, suchen selbst um Bergung nach, und daß man sie nimmt und an sich drückt und ihre Unruhe niederstreichelt. Und man läuft durch den Nebel und läuft im Nebel herum und findet nie wieder nach Hause.

In Holland ist alles so niedlich und nett, so eng und traut beieinander, daß man sich bücken muß, selbst unter freiem Himmel noch, sich klein machen muß, um hineinzupassen, um sich innerhalb zu fühlen. Wenn man aufrecht geht in Holland, ragt man mit dem Kopf über die Welt hinaus.

Und dann aus dem Hinterhalt John Purcells Baßklarinette, ein dumpfes Grollen gleich hinter der dicht geschlossenen Wolkendecke, unsichtbar nah und drängend, ein ungutes Rumoren, das keine Ruhe gibt und weiterbohrt und wächst. Wenn das jemals hervorbricht, gibt es auf der ganzen Welt keinen Ort, der sicher wäre.

In London gibt es an jeder Ecke ein Pub, in Dordrecht und Wien ein Café, in Frankfurt und Kassel eine Apotheke. Jede Stadt repariert es eben auf ihre Weise.

Sie brauchen ihre kleinen Geheimnisse. Etwas, das, wie lächerlich und unerheblich auch immer, nur sie allein von sich wissen, und das niemanden sonst was angeht. Selbst bei denen, die offen sind bis zur Schamlosigkeit, radikal ehrlich und jederzeit bereit, sich über die Schulter ins Blatt schauen zu lassen, gibt es irgendeine dubiose Karte, die sie hübsch aus dem Spiel halten. Nicht, daß es tatsächlich etwas zu vertuschen oder verbergen gäbe, nicht aus taktischen Erwägungen oder pragmatischen Gründen, sondern aus der schieren Notwendigkeit, über ein Geheimnis zu verfügen wie über einen obskuren Schatz, dessen ganz persönlicher Hüter man ist. Und wenn sich da auf natürliche Weise nichts ergibt, muß man sich etwas zurechtlegen und heranzüchten: die klammheimlich gelutschten Karamelbonbons, das Anhören von Morricone–Musik hinter fest verschlossenen Türen oder die unter der Bettdecke gelösten Silbenrätsel. Im Besitz von etwas Unberechenbarem sein, von dem selbst nahe Freunde, wüßten sie davon, sagen würden: »Also, das hätte ich jetzt nicht von dem gedacht.«

Bewegung hinter Bäumen. Jemand, der hinter einer Baumreihe entlanggeht, 'now you see him, now you don't': das hat nahezu denselben Effekt, den ein Stroboskop auf der Bühne anrichtet. Die Gleichmäßigkeit eines Ablaufs wird perforiert. Man sieht den Vorfall nur bruchstückhaft, in Einzelbilder aufgesprengt, und von einem Bild zum nächsten hat jeweils eine Veränderung stattgefunden. Außerhalb unseres Blicks, in der Lücke zwischen dem einen Sichtbarsein und dem darauf folgenden, geschieht etwas, von dem wir nichts sicher wissen. Wir können von Bild zu Bild folgern, können uns die fehlenden Teile dazu– und also eine ununterbrochene Kontinuität zusammendenken. Gesehen haben wir sie nicht. Es kann auch etwas ganz anderes passiert sein.

Er hatte lange nichts von ihr gehört, seine Briefe blieben unbeantwortet, seine Anrufe verhallten ungehört in einer leeren Wohnung, seine Sorge um sie nahm zu. Keiner ihrer Freunde wußte etwas von ihr. Die Angst, ihr könne etwas zugestoßen sein, wurde langsam zum festen Bestandteil seines Alltags und so normal wie der Becher Himbeeryoghurt morgens zum Frühstück. Er rechnete mit der Möglichkeit, sie könne tot sein, und versuchte, sich daran zu gewöhnen. Er litt. Es stand ihm ausgezeichnet.

Dann kam eine Karte von ihr aus Brasilien: das Leben hier ist ein Tanz, stand da, der Fußball immer noch wunderbar, es gehe ihr gut und liebe Grüße an alle. Und anstatt erleichtert zu sein und dankbar, daß sie lebte, und sich zu freuen, daß es ihr gut ging, haßte er sie aus tiefstem Herzen. »Weißt du, was du mir angetan hast«, schrie er seinen leeren Yoghurtbecher wütend an, »wochenlang hab' ich Angst um dich gehabt wie ein Blödsinniger, und jetzt stellt sich heraus, statt tot zu sein, hast du dich prächtig amüsiert, und meine ganzen Sorgen waren völlig umsonst. Du hast mich schwer enttäuscht, Luise.«

Parkstraße. Die Kürze des dunkelblauen Straßenschilds. Es hat genau die kompakte Form der Briketts, die in den Kaminen der vornehm hinter alten Bäumen zurückgezogenen Villen ihren Teil zu einer stilvollen Atmosphäre beitragen. Wie das schmiedeeiserne Tor. Der 'Bissige Hund'. Das melancholische Klavierspiel an den Spätsommerabenden. Und die bloßen Initialen des Eigentümers auf dem Briefkasten. Man beläßt es in solchen Straßen bei der Andeutung seiner Existenz.

Für die ältere Dame, die auf dem schweren Weg vom Metzger zum Apotheker eine Erholungspause im *Strandcafé* und zwei Gläschen Cointreau braucht, ist die Existenz eines Buches kein Hinderungsgrund, dasselbe ein zweites Mal zu schreiben. Wenn es doch gut ist, warum nicht? Bloß, weil es schon einmal geschrieben wurde? »Schreiben Sie da ein Buch?« fragt sie und beugt sich neugierig über den Tisch. »Schreiben Sie 'Dr. Schiwago'? Kennen Sie 'Dr. Schiwago'? Ein schönes Buch. Müssen Sie 362 Seiten schreiben. Wieviel haben Sie jetzt? Noch nicht so viel, oder? Aber schaffen Sie schon, sind ja noch jung«, winkt sie beruhigend ab und nimmt zur Stützung ihrer Zuversicht noch einen Schluck Cointreau. »Ein so schönes Buch. Müssen Sie unbedingt schreiben. Und von der Liebe. Von Laura. Davon müssen Sie schreiben. Das mochte ich am liebsten. Der hat sie sehr geliebt. Sehr geliebt. Nicht bloß so wie bei uns im Leben. Sondern sehr, sehr geliebt. Das müssen Sie schreiben. 362 Seiten. Dann sind Sie berühmt. Ich weiß das. Ich kenn' das Buch. Ich hab's gelesen.« Sie steht auf und packt ihre verdrückte Handtasche wie etwas, mit dem sich im Notfall ein Weg durch die Menge bahnen läßt. »Nicht vergessen«, sagt sie im Gehen, »'Dr. Schiwago'. Tun Sie mir den Gefallen. Ich tät' so gern noch mal von seiner Liebe zu Laura lesen.«

Wenn sich die Leute gar nicht mehr riechen können, schenken sie einander zum Geburtstag Parfüm. Duft der Distanzierung.

Die meisten Deutschen fahren nur deshalb in den Urlaub, um sich hinterher bei den Arbeitskollegen, den Nachbarn und im trauten Freundeskreis darüber zu beschweren, daß dort alles anders ist als zu Hause. »Wenn ich hier aus dem Fenster schaue, weiß ich doch wenigstens, wie es draußen aussieht«, berichtet die

Tunesien–Heimkehrerin ihrer Bäckerin, bei der sie jetzt endlich wieder ihre täglichen Brötchen holen kann. Die nickt begeistert und bekundet mit einem polternden »Ebe sin mer am End!« ihre uneingeschränkte Zustimmung. Das Mißvergnügen am Urlaub liefert den Leuten schließlich den nötigen Beweis dafür, "daß es in der Heimat doch am schönsten ist" (Freddy Quinn), und daß sie nicht ihr gesamtes Leben am falschen Ort verbringen, sondern jährlich davon bloß vier Wochen.

Der Geruch von Gurkensalat: feucht und unbestimmt und bloß, die Innenseite einer Ahnung, an der man zufällig rührt. Es trifft sie unvorbereitet. Gurkensalat riecht, als sei etwas nicht zuende gedacht worden.

Ich kenne keine Stadt, in der man der Vergangenheit so nahe ist wie in London. Von den früheren Jahrhunderten nur durch eine Eisschicht getrennt, und an manchen Stellen ist das Eis so dünn, daß man unendlich weit zurücksehen kann. Der Augenblick im *British Museum*. Der Saal mit den Ritterrüstungen. Das große Schwert in der Vitrine. Das Schwert. In diesem einen, winzigen Augenblick war ich da, war kein Glas mehr zwischen mir und der Waffe und keine Jahrhunderte, jetzt war damals, klar bis ins Blut und vorbei. Und ich stand wieder nur in einem Saal mit Ritterrüstungen im *British Museum* in London. Dieser Augenblick war so rauschend kurz, daß nicht der eigentliche Augenblick, sondern lediglich die Erinnerung an ihn existiert. So kurz, daß das, was da geschehen ist, keine Zeit hatte, den Umweg über Worte und Formulierungen zu gehen, sondern als Wissen direkt dem Herzen anheimgefallen ist.

“Leoparden brechen in den Tempel ein und saufen die Opferkrüge leer; das wiederholt sich immer wieder; schließlich kann man es vorausberechnen, und es wird ein Teil der Zeremonie.” (Franz Kafka)

... und dann greift Don Pullen hart und schnell ins Klavier, greift sich die hohen Töne und wirft sie wie eine Handvoll Münzen klirrend auf den Tisch. Die Runde geht auf ihn.

Die Regale in seiner Wohnung sind leer, er hat gern klare Strukturen um sich: und jeder Gegenstand auf den puren Brettern würde seine Ordnung und ihn aus dem Gleichgewicht bringen. Die nackte Existenz. Als ein Besucher seinen Mantel bei ihm an den Haken hängen will, wehrt er beunruhigt ab: »Könntest du den vielleicht anbehalten? Ich hab' grad meine Garderobe aufgeräumt.«

Die wenigsten können sich damit zufriedengeben, daß die Dinge das sind, was sie sind. Für sie ist eine Rose eben nicht eine Rose und erst recht keine Rose; und es reicht ihnen nicht, daß ein Baum einfach ein Baum ist und für nichts anderes steht als für sich selbst. Unter ihrem Badezimmerspiegel klebt der Spruch: 'Das Leben ist gar nicht so. Es ist ganz anders.' Sie glauben nicht an die offensichtlichen Erscheinungsformen der Welt. Sie unterstellen jedem, daß er das eine sagt und das andere meint: jeden Satz halten sie nur für das Deckblatt eines Kartenspiels tieferer Bedeutungen, die es zu entschlüsseln gilt.

»Verdammt nochmal, Ute«, brüllt der *Fiesta*fahrer und schlägt die Wagentür zu. »Ich hab' nichts gesagt als 'Der Tank ist leer', und du hängst mir gleich einen Ödipus–Komplex an!«

An einer Garagenwand leuchtet die brennendrote Frage: "Ist der Penis ein phallisches Symbol?"

Ensors Radierungen sind wie ein Aufstand der Nerven, zarte Stricheleien, die sich zu einem Fest absonderlicher Galgenvögel oder zu einer Wanderung fragiler Geripppe formieren. Ziselierter Tod. "My nerves are bad tonight", und nach einer solchen Nacht hat der belgische Maler der Dämmerung seine Skelette eingeritzt wie feine Fühler, mit denen er sich behutsam ins Jenseits vortastet.

»Und«, will die Strengfrisierte mit dem Käsebrötchen von ihrem asketisch aussehenden Tischnachbarn wissen, »was sagen Sie zu unserem Boris?« Der nippt an seinem Kräutertee. »Ja, schade, daß der gewonnen hat«, bedauert er und beugt sich forschend über die Heizung zu seiner Rechten. **Schande.**

Sie verbrannten. Die Welt ist empört. Die *Bildzeitung* hat wieder mal zugeschlagen. Eine Kellnerin arbeitet sich Tisch für Tisch durch das überfüllte *Café Wacker* und zündet eine Kerze nach der anderen an. »Sieht sonst so traurig aus«, sagt sie jedesmal, bevor sie das Feuerzeug zückt. »Geben Sie doch mal her«, fordert die mit der strengen Frisur den immer noch über der Heizung hängenden Asketen auf, »Sie können ja doch nichts damit anfangen.« Sie legt das Käsebrötchen beiseite und streckt verlangend die Hand aus. Er reicht ihr das Blatt. Sie hält sich erst gar nicht mit der Titelseite auf. Es verlangt sie nach den kleinen Pikanterien der großen Welt, und sie gibt ein zufriedenes »Na bitte« von sich, als sie findet, wonach sie gefahndet hat. "Whitney Houston wollte Kevin Costner nicht küssen, weil er die längste Zunge Hollywoods hat." Unbeherrscht beißt die Informationshungrige ins Brötchen, ein Stück Tomate entwischt ihrem attackierenden Gebiß und klatscht auf den Tisch. »Interessant, was die Reporter so alles rauskriegen«, staunt sie kauend, »das mit der Zunge, das wußte ich zum Beispiel nicht. Und Sie? Haben Sie das gewußt?« Der Asket begnügt sich mit einem Kopfschütteln. Dann räuspert er sich und spült mit einem Schluck Kräutertee nach. »Jetzt tät' mich nur noch interessieren, wie lang die ist«, überlegt die Frau und gibt ihrem Käsebrötchen den Rest. Den Tomatenmatsch neben dem Teller übersieht sie geflissentlich. »Eigentlich müßt' ich ja aufs Klo«, verkündet sie, nachdem sie die zerwühlte Zeitung diskret auf den roten Schnipsel gelegt hat, »aber das ist halt der Nachteil an diesem Café. Daß da immer diese Männer so dicht vor der Tür hocken. Da wart' ich lieber, bis ich zu Hause bin. Da hört mich keiner.«

In Hofgeismar die *Feinkostfleischerei Hack*. Auf dem Kassenzettel vom 11. 11. '92 steht außer der Uhrzeit (09.56), dem Preis (12,20) und der Kundennummer (05) der Zusatz: Es bediente Sie Fr. Kalbfleisch.

Auf dem Parkplatz vor der Apotheke des kleinen toskanischen Ortes Loro Ciuffenna war eine beachtliche Menge zusammengeströmt. Dicke, schwitzende Mamas, die Einkaufskörbe überquellend vor Auberginen, Tomaten und Paprika, schick gekleidete Frauen auf dem Weg zum Kurzwarenladen, zum Friseur oder zur Konditorei, Rentner, die ihr Geld vom Postamt geholt hatten, unruhige Kinder. Alte Männer waren aus den beiden Bars gekrochen wie schwarze Insekten, und ein paar Jugendliche hatten ihre Motorräder abgestellt und drängten sich dazwischen. Sie standen alle fasziniert und hilflos erschrocken um einen alten *VW*, an dessen vorderer, schon blutiger Stoßstange ein Köter in panischer Raserei seinen bis auf den Knochen wundgescheuerten Rücken immer weiter blutig rieb. Vor und zurück, vor und zurück, hektisch, erbarmungslos, ununterbrochen. Die Leute starrten und waren entsetzt und rührten sich nicht. Ein Kind begann zu heulen. Die Stoßstange schabte über den Knochen. Ein stoppelköpfiger Alter befreite sich aus dem dichtgeklumpten Haufen, schlurfte hinter einen Baum und kotzte. Endlich ging einer der Motorradfahrer hin, packte das wahnsinnige Tier und zog es unter der Stoßstange hervor. Ein Aufatmen lief durch die Menge, Erleichterung. Die Spannung war entkorkt, die Worte sprudelten, Lachen, probeweise, hier und da. Die Masse lockerte sich, zerfiel wieder in einzelne Menschen. Sie strebten auseinander. Nur die paar, die nochmal einen Blick zurückwarfen, bekamen mit, daß der Köter zur Stoßstange zurückgelaufen war und mit derselben tollsüchtigen Vehemenz sein Zerstörungswerk fortsetzte.

Sie sitzt, seitengescheitelt und gesund, in einem hellgelben Sweatshirt und Schuhen der Kategorie, die Iki mit der schnodderigen Bemerkung “grün ist die Heide, latsch, latsch” abtun würde, oben im *Café Schwille* und verschluckt sich vor unterdrücktem Gelächter. Ihr Gesicht ist so rot wie eine Hagebutte im Herbst, und aus ihrer Kehle kommen seltsame Geräusche. »Soll ich die Zigarette ausmachen?« fragt der Mann, der ihr gegenübersitzt, erschrocken. Heftig schüttelt sie den Kopf und deutet kichernd auf einen Artikel mit der Überschrift **Ein Idiot für alle Fälle**. »Au ja«, nickt der Raucher, erleichtert, daß er nicht der Quell ihres Erstickungsanfalls ist, »es gibt schon komisches Zeugs. In dem Buch, das ich gerade lese, sagt einer dauernd so Sachen wie "pitsch, patsch Popoklatsch" und murkst Leute ab und kennt selbst keinen Schmerz. Und seinen Papagei nennt er Wichser.« Die Frau hört abrupt auf zu lachen. Dafür fängt am Nebentisch eine an. »Ach«, gluckst sie begeistert, »Männer, die rauchen, sind einfach viel interessanter als Frauen, die nicht rauchen.«

So eisig zwischen den Jahren, daß einem die Vorderhufe abfrieren und der Schlüssel beim Türöffnen fast abbricht. Die Stadt liegt unter Kälte, rauhreifversiegelt. Und der Himmel dehnt dünn und hart und läßt nichts durch. Man fürchtet um die Vögel: daß sie gegen das klirrende Blau fliegen und mit blutig geschlagenen Köpfen in die Straßen fallen, auf die Dächer, in die Vorgärten, betäubt oder schon tot niederfallen wie schwarze Steine.

Das ist das Erheiternde an späten Spaziergängen durch Villenvororte: wenn man nahe genug an den Hauseingängen vorbeiläuft, bringt man auf seinem Weg nacheinander sämtliche automatischen Außenbeleuchtungen zum Anspringen und hinterläßt eine helle Spur.

Wie rasch man der Verführung eines Drei–Viertel–Taktes erliegt. Es ist der eine Schritt mehr, der einen aus dem Alltagstrott bringt, links, zwei, drei — rechts, zwei, drei, kein Hindernis, das sich nicht leichtfüßig umrunden ließe. Walzer, widerstandslose Welt, und das Lachen schleift wie ein Schleier hinter einem her und fegt jeden Einwand in den Rinnstein, wo er mit den welken Kastanienblättern, dem Mantelknopf und einem Hühneraugenpflaster auf den nächsten Regen wartet. Nichts ist von Dauer, aber ein Walzer legt die vergangenen Stunden wie lindernde Blüten auf das Gedächtnis und wiegt die Nerven in Sicherheit.

Der Wiener Dialekt hat etwas wohltuend Einschläferndes. Die Vokale hängen durch wie die Überlandleitungen zwischen den Masten der Konsonanten: und dem zuzuhören, das ist, als säße man im Zug und gleite an den stetigen Kabelschwüngen vorüber, Bogen an Bogen an Bogen, wie endlos aufgereihte Hängematten, und langsam fallen einem die Augen zu und die Gedanken verwildern zu Träumen.

Wenn die 'Bio'–Bäcker doch endlich von der Unart lassen könnten, den Broten ihr Firmenschildchen auf den Rücken zu pappen. Das Mistding klebt wie ein Weltmeister, und bei dem Versuch, es durch Abreißen, Wegkratzen oder Herumsäbeln zu entfernen, geht jedesmal die halbe Kruste mit drauf. Robert hat den Kampf mit dem lästigen Label längst aufgegeben. »Ich eß es einfach mit«, sagt er achselzuckend, »sind doch die Alternativen. Die kontrollieren doch immer alles biologisch, da sind die Sachen okay.« Nicht, wenn die verwendeten Brotzettel aus den wiederaufbereiteten Zeitungsabfällen stammen, aus denen sie auch ihr graues Umwelt–Toilettenpapier zusammenrühren. All die Druckerschwärze, die da mitmischt, was allein da für ein giftiger Scheiß drin steckt ...

Der Letzte in der Kneipe macht immer eine traurige Figur. Alle Gäste gegangen, er allein hängt, übriggeblieben, bewegungslos wie ein übersehener Apfel im wirren Geäst leerer Tische und Stühle, das die Nacht kahlgeweht hat. Hinter der Theke wartet der Wirt, die Gläser sind eingeräumt, das Spülwasser abgelassen, Lyle Lovett hat zu singen aufgehört. "It's closing time, unplug these people, send them home ..." Der Raum ist still, und diese Stille schließlich kriecht dem *Last One Out* in die Knochen, und er schaudert und steht auf. Er geht, und die Hoffnung läßt er in der Ecke zurück wie einen Regenschirm, der nur lächerlich ist und ihn behindert. Draußen der Vollmond pinnt die Dunkelheit hoch an den Himmel, und von dort fällt sie nieder, faltenlos und dicht, und er geht, geht an geschlossenen Rolläden vorbei, vorbei an Toreinfahrten und Litfaßsäulen, geht nach Hause und denkt: »Vielleicht morgen.«

Schluckauf. Das ist, als würde ein Pudel im Bauch japsend nach einer hochgehaltenen Wurst springen.

Kinder, kleine Kinder, die noch von keinem Verständnis für menschliche Schwächen getrübt und noch nicht darin geübt sind, das Mäntelchen der Höflichkeit über Wahrheiten zu breiten, sind glänzend geeignet, nette, gesellige Zusammenkünfte mit paar guten Peinlichkeiten zu würzen. »Nee«, schüttelt Lisa empört den Kopf, nachdem sie das Weihnachtsgeschenk ihrer Tante aus dem Papier gezerrt hat, »deine Ohrringe stinken, die mag ich nicht.« Von einem Kind abgelehnt zu werden, das bringt die Großen ganz schön zum Schlucken. Sie versuchen, es niederzulachen, »so, ha, ha, nein, diese Kleine, ja–ha–ha, also, nun ja, ha, ha, ha, also nein, haha, sowas aber auch«, aber das Lachen ist angestrengt und laut und falsch und jeder merkt, wie unangenehm es ihnen ist. Der Blick des Kindes, dieses Augenpaar, das unbewegt draufhält, gleichgültig, stetig, distanzlos, ohne Plan und Mitgefühl, einfach schaut und nicht von der Stelle weicht: und den Erwachsenen bleibt nichts als ein idiotisches Grinsen und die Verwünschung, warum zum Teufel sie gerade jetzt nicht wenigstens ein bestechendes Stück Schokolade als Köder für dieses inhumane Monster zur Hand haben. Als ob die nur Aug' in Aug' zuschlagen würden. »Ach, du bist's«, konstatiert Ellen am Telephon, nachdem sie den Anrufer als ihren Vater identifiziert hat, »dann leg' ich gleich wieder auf.«

Die weißen Metallstühle in der Besucherhalle des Pariser *Institut Gustave Rossy*. Die Armlehnen sind mit plastischen Traubenbündeln und Blättern dekoriert, und dort, wo sich die Früchte besonders prall wölben, ist — vielleicht vom häufigen

Reiben und Klammern nervöser Finger — die weinrote Farbe teilweise abgeplatzt, teilweise weggescheuert: lauter bleiche Halbkugeln, die jetzt aus dem dunklen Obst erschrocken aufschimmern. Und irgendwo oben in einem der tausend Zimmer liegt Checco, eine blaue Markierung auf seinem kahlgeschorenen Kopf, jemand hat ein Zeichen hinterlassen und ein anderer wird es deuten, geheime Verständigung über seine tödliche Krankheit. Checcos braune Hände auf dem Laken, und seine Knöchel weiß, kleine weiße Perlen, als sei die Farbe an diesen Stellen abgeschürft; das hat nichts mit seinem Zustand zu tun, das hatte er schon immer: blasse, glänzende Knöchel wie die von Puppenhänden, an denen das Porzellan vom Gebrauch ganz hell und glatt poliert ist.

Sie beschweren sich darüber, daß sie keine Zeit haben, »Mann, soviel zu tun, furchtbar, viel zu viel zu tun«, und hetzen weiter, und das Hirn überschlägt sich und das Herz spielt verrückt. Aber wehe, da gibt es dann tatsächlich mal eine Lücke im Tag, eine halbe Stunde, die sie für sich hätten: da bricht ihnen der Schweiß aus, und in flammender Panik schauen sie um sich, ob nicht doch eine Beschäftigung in rettender Reichweite wäre, irgendetwas, das sie tun könnten, um Gotteswillen bloß irgendein Stück Arbeit, das sie von sich ablenkt. Eine Tätigkeit, die ihnen die Sicht auf die eigene Person versperrt, ein Hindernis, damit sie nicht an sich selbst rankommen. Wenn sie es mit sich selbst zu tun kriegen, kriegen sie es mit der Angst zu tun.

Asche vom Vorabend, kalte Zigarettenasche, hat etwas sehr Sachliches an sich. Etwas Dokumentarisches: wie ein grobkörniges Zeitungsphoto, das Aktion und Ereignisse zum Stillstand gebracht und zu Fakten erstarrt hat. Man betritt ein Zimmer, in dem ein unausgeleerter Aschenbecher steht: und die Gefühle werden schwarz–weiß und man selbst zum Paragraphen eines Protokolls, man ist belegt, der Pulsschlag Interpunktion.

»Und«, erkundigt sich die Verkäuferin am Gemüsestand bei der Kundin, die "eigentlich ja auch noch ein halbes Kilo Rosenkohl" brauchen könnte, »wie geht es Ihrem Mann? Hat er die Operation gut überstanden?« Die Kundin begutachtet den Stangensellerie. »Och«, sagt sie, »ja, danke. Er singt schon wieder in der Badewanne und geht mit dem Hund spazieren.« — »So, naja«, sagt die Verkäuferin erleichtert und gibt noch ein Sträußchen Petersilie als persönlichen Gruß dazu, »das ist ja die Hauptsache. Wenn's nur wieder aufwärts geht. — Und was darf's bei Ihnen sein?« wendet sie sich an die Nächste.

»Sag' mal«, die Freundin der Rosenkohlkäuferin ist baff, »ich wußte gar nicht, daß dein Mann krank ist.« — »Ach was«, winkt die andere ab und steuert auf das Teigwarenregal zu, »die hat mich mit jemandem verwechselt. Aber ich konnte sie doch nicht enttäuschen, wo sie so nett Anteil genommen hat.«

Ein Gesicht im Café. Und beim nächsten Caféhausbesuch dasselbe Gesicht wieder und dann ein drittes Mal. Über Tage wiederholt sich das Gesicht, über Wochen, und wird durch diese Wiederholungen ein gewohntes Gesicht, bekannt unter den vielen beliebigen ringsum. Man beginnt, sich darauf zu beziehen, nickt ihm über die Distanz der Tische hinweg zu und sitzt ihm irgendwann gegenüber. Ohne sich zu kennen, redet man miteinander, und wird sich dadurch nicht bekannter. Man redet, weil Schweigen am selben Tisch nur mit einem völlig Fremden möglich ist oder mit einem guten Freund. Man redet ins Allgemeine, weder weiß noch will man etwas voneinader, wortreich beschränkt man sich darauf, die Menschheit zu retten, und bleibt sich persönlich fern. Die Plaudereien sind einfach ein Bestandteil der Zeremonie, eine Zugabe zum Kaffee wie der Zuckerkeks auf der Untertasse. Und dann geht's dem Caféhausbekannten mal schlecht, und er redet nicht mehr von der Welt und vom Wetter, sondern erzählt sich die eigene brennende Angst aus der Seele. Es ist furchtbar, und man hört zu. "There is no more but so." Man hört zu, und der Blick geht durch all die Leute im Café, die in ahnungsloser Sicherheit dasitzen, geht durch das Fenster nach draußen, wo Autos vorüberfahren und andere Leute auf die Straßenbahn warten. Man hört zu und stellt zum ersten Mal fest, daß das Café keine Gardinen hat, keinen Vorhang, den man zuziehen könnte, während er sagt, er hätte Angst, daß sein Tumor bösartig sei, man hört ihm zu und weiß nichtmal, wie er heißt, und fühlt das Bedürfnis, ihn danach zu fragen. Aber man läßt es. In dieser Situation, spürt man, hätte das was penibel Buchhalterisches, ein Aktenvermerk, oder als würde man eine Leiche mit dem Namensschild am Fuß kennzeichnen.

Sich Strukturen in den Blick ziehen. Krauses Wintergeäst vor waagrecht laufenden Gleisen. Antennenwälder und Wolken. Am Morgen nach dem Fest ein Saal voller starr nach oben gereckter Stuhlbeine, die aus den Tischen plumpe Igel machen, und dazwischen der wirbelnde Schrubberstiel in den Händen einer Putzfrau. Ein Kondensstreifen durchkreuzt flüchtig die schwarzen Linien der Elektrizitätsleitungen. Die Gerippe übereinandergeworfener Leitern. Kerzen, Bleistifte, Zigaretten. Ein rotes Brückengeländer quer durch den ruhigen Fluß. Fahnenmasten, Wäscheleinen: die Welt hinter Gittern, Sicherungsverwahrung, da kann es rasen und rumoren und sich austoben, das Raubtier, im Käfig richtet es keinen Schaden an.

Wecker, Telephon, Türklingel. Akustische Rüpel, die lauthals lärmend Lücken in unser Leben reißen, um Platz für die Außenwelt zu schaffen. Sie brechen krakeelend in unseren Schlaf ein, in unsere Zurückgezogenheit, in unser Zuhause, rempeln kurzerhand die Ruhe vom Tisch und spitzen die Gegenwart zu auf ein krasses Geräusch. Dazu sind sie da. Dazu waren sie da. Denn die modernen Modelle der Unruhestifter stehen nicht mehr zu ihrer Funktion als solide Störenfriede, ihr einstmals rüder Ton, der sich einen Scheiß um Feinheiten scherte, ist zu einem vornehmen Hüsteln verblaßt. Sie forden die ihnen zukommende Aufmerksamkeit nicht länger offen ein, sondern stehlen sich hinterrücks ins Hirn, schleichen tuschelnd durch die Sinne. Erst, wenn sie sich tief innen eingenistet haben, wird man ihrer schwirrenden, zirpenden, sirrenden Anwesenheit gewahr und schaut sich irritiert um. Es klingt, als sickere eine dünne Spur von Sekunden aus der leckgeschlagenen Zeit.

Eine Bananenschale in den Schneeresten am Wegrand. Weggeworfener kann etwas nicht aussehen als dieses Häufchen jämmerlicher Nutzlosigkeit. Alle Viere willenlos von sich gestreckt, braungefault, schäbig, um jeden Sinn gebracht. Nichtmal mehr tauglich für den letzten schlechten Witz: auf diesen trostlosen Tentakeln rutscht selbst eine alte Oma nicht aus. Die ganze Langeweile eines Sonntagnachmittags liegt da, und man spürt das Blut blasser durch die Adern rinnen.

Sie hat ein Gesicht wie ein zu prall gefülltes Sofakissen und schüttet mürrisch ein Päckchen Zucker nach dem anderen in ihre heiße Zitrone. Als sie das vierte Päckchen aufreißt, duckt sich der Bursche an ihrem Tisch furchtsam unter seine Hutkrempe wie ein kleiner Junge, der sich unter dem Tisch verkriecht, sobald oben unter den Erwachsenen die Zeichen auf Sturm stehen. Nichtsdestotrotz glaubt er sich zu sowas wie Anteilnahme verpflichtet. »Was ist denn los?« erkundigt er sich tapfer bei seiner Freundin. Der Inhalt des fünften Tütchens verschwindet spurlos im Glas. »Angela«, sagt er. Sie greift zum sechsten. »Hab' ich was falsch gemacht?« fragt er und nimmt den Hut ab. Sie schaut ihn böse an. »Das Mädchen vorhin«, sagt sie, »du hast “na, Frau Nachbarin” zu ihm gesagt.« Er sagt nichts. Sein Gesicht sieht aus wie die verdreckte Karosserie eines Autos, die jemand mit Unflätigkeiten vollgekritzelt hat. »Frau Nachbarin«, wiederholt sie anklagend und kippt gleich zwei Päckchen Zucker auf einmal in die inzwischen trübe Brühe, »als hättest du nachts um halb drei einen Löffel Mehl bei ihr geborgt.« — »Spinnst du«, knurrt er und drückt sich den Hut wieder aufs Haupt, »ich renn' doch nicht nachts um halb drei quer über die Straße. Wer bin ich denn!« — »Und wieso«, fragt sie herausfordernd, »sagst du Frau Nachbarin zu einer, die quer über die Straße wohnt?« Sie ist beim neunten Zuckertütchen angelangt, sagt: »dein Hut sieht beschissen aus«, und klappert mit dem Löffel im Glas herum. »Wirklich beschissen«, bekräftigt sie ihr Urteil. Sie nimmt einen herzhaften Schluck, reißt die Augen auf und schiebt das Glas angewidert von sich. »Und diesen süßen Scheißkram«, schimpft sie, »können sie sich in die Socken schmieren!«

Sammler leben im Widerspruch. Sie trachten danach, möglichst viele Gegenstände ihrer Wahl zwischen sich und die Welt zu legen, Krawattennadeln, Briefmarken, Nachttöpfe oder Flaschenöffner. Stück um kostbares Stück ziehen sie die Mauern um sich hoch und ziehen sich zurück hinter das Schweigen der Dinge. Die Zugbrücke ist oben und Leben ein Wort mit fünf Buchstaben. Aber es gibt Ratten in der Festung, nagende Gedanken: neue Objekte müssen ran, und dazu muß er wieder raus, der Sammler, aus dem Schutz seiner Kollektion in die weitläufige Öffentlichkeit.

2
PARIAS

Nie wieder haben ein Butterbrot und ein Apfel so gut geschmeckt wie damals, als man dicke Schwarten von Karl May-Büchern dazu verschlang. Tagelange Ritte über die Prärie auf Pferden wie Iltschi und Hattatitla, drohende Schluchten, deren Felsspalten den feindlichen Sioux Unterschlupf und Gelegenheit boten, mit Wutgeheul und erhobenen Tomahawks hervorzubrechen wie böse Träume aus den Falten des Schlafs, verräterische Blutstropfen im Sand. Und man las, las fiebernd, während der Donner des Bärentöters verhallte, las, und hungrig vom Lesen biß man ins Brot, in den Apfel, und der Saft spritzte über die Seiten. Und nur, wenn Old Shatterhand sich anschlich, um den gefangenen Freund vom Baum zu binden, legte man den Proviant aus der Hand, um den wilden Haufen lumpiger Kerle, der sich wie eitriger Auswurf um das Lagerfeuer gesammelt hatte, nicht durch unbedachte Geräusche zu warnen. Apfel, Butterbrot und Karl May und die Wunschlosigkeit still verbrachter Stunden, die an der Nordseite des Gefühls haften wie weiches Moos.

Dämmerung, verhaltener Augenblick, ziellos und zögernd, Augenblick vor der Dunkelheit, wenn in den Straßenlaternen plötzlich die Lichter aufzucken und erschrocken zappeln und flattern wie vom Netz des Schmetterlingsjägers überraschte Insekten. Es ist ein verängstigtes Zittern ringsum, bis sich die Glühwürmchen allmählich in ihre Gefangenschaft fügen und ergeben stillhalten und groß werden. Verläßlich leuchtend säumen sie die Nacht, warnende Baken, damit die draußen kreuzenden Hoffnungen nicht auf Grund laufen.

Eine ordentlich gebundene Krawatte zieht Grenzen. Kein Zufall, keine Willkür, nichts von wegen Ungestüm und ungefähr und irgendwie. Sondern Form und Maß und einen Katalog gutsortierter Anstandsregeln in der Hosentasche. Krawattenträger sehen aus, als hätten sie Jalousien vor der Seele, und beim Telephonieren malen sie die Buchstaben im Terminkalender säuberlich aus. Man kann sich in jedem Fall ihrer höflichen Zustimmung sicher sein.

Und dann kommt Rod Taylor mit seiner charmanten australischen Unbekümmertheit und den beiden Grübchen daher, läßt sich so einen albernen Streifen Stoff vors Hemd hängen und denkt, das reiht ihn ins Heer der Wohlerzogenen und Gehorsamen ein. Schlips und Hohn. Seine breite Brust, mit der er eine Lokomotive stoppen kann, wenn er einmal tief einatmet, ist von einer Krawatte nicht zu bändigen.

Strickjacken. Die lose fallenden grauen, dunkelblauen oder schwarzen Westen aus dünner Wolle, vorgeführte Nebensächlichkeit der Kleidung, unauffällig, unbestimmt, das Leben ist kein Roman sondern stillschweigend absolvierte Pflicht, Familienphotos und Sonderangebote. Strickjacken. Bilder von Bistro–Besitzerinnen aus den französischen Schwarz–Weiß–Filmen der Fünfziger Jahre, Rotweinflecken und Brandlöcher in den karierten Tischdecken, und die Wirtin sieht müde und abgefunden aus und so, als tränke sie heimlich und hätte eine Affäre mit dem unfertigen, nervösen Jüngling, der sich in Nächten ohne Schlaf die Fingernägel abgekaut hat. Und mit einem Rest Mütterlichkeit nimmt die Bardame den blassen Jungen hinten in der kalten Wohnstube an ihr Herz und zieht sich danach die dünne Weste fröstelnd über der Brust zusammen.

Mantel über und raus, einmal kurz um den Block, frische Luft schnappen. Überall stehen diese häßlichen kleinen Stadtautos herum, rundlich–verschwollene Furunkel, und leuchten lila, rot und blau: die Straße, in der mehrere dieser Sorte parken, sieht aus, als hätte sie die Beulenpest. Über einem Lattenzaun hängt ein gelber Handschuh, ein paar Häuser weiter ziert ein Schal von ausgesucht scheußlichem Braun den linken Pfosten einer Toreinfahrt: auch eine Methode, sich unliebsame Weihnachtsgeschenke vom Hals zu schaffen. Wie die Zeile eines Kästner–Gedichts liegt ein hellblauer Spielzeugeimer umgekippt neben dem halsstarrig ausharrenden Rumpf eines Schneemanns. Zwei ältere Frauen stochern sich mit ihren Regenschirmen den Weg zurecht. »Der rappelt sich doch immer wieder auf«, hört man die eine über irgendwen zur anderen sagen, während man die Haustür aufschließt. In der Wohnung läuft der Fernseher. Ein Mann steht am Fenster, schaut nach draußen, raucht. Der Aschenbecher auf dem Fensterbrett wimmelt nur so von ausgedrückten Stummeln, die Zeit voller Würmer. “Ich schaff’ das”, behauptet der Mann, “ich hab’ das noch immer geschafft. Ich komm' wieder hoch." Als hätten die beiden alten Frauen über ihn geredet. Der Anschluß stimmt. Man hat nichts verpaßt.

Niemals, niemals schmeckt Kaffee, selbst der beste, frisch geröstet und mit einer Prise Zimt und Nelken verfeinert, so gut wie er riecht. Verheißung hängt in der Luft, Ahnung, Idee, man atmet Himmel ein, die sich endlos über Ebenen dehnen, die man nie betreten wird. Uneinlösbares Versprechen. Als wüßte der Geruchssinn um Dinge, an die heranzukommen der Geschmack keine Chance hat. Sehnen und Traum durchziehen das Aroma von Kaffee, und der erste Schluck setzt dem ein rigoroses Ende.

Spiegel quittieren die Welt, die hinter einem liegt. Den Raum im Rücken, die Stunden, die vorüber sind. Ein Blick in den Spiegel ist ein Blick zurück über die eigene Schulter, und das, was war, erstreckt sich seitenverkehrt aber unverändert wieder vor einem. Als hätte man die Vergangenheit noch einmal zu durchqueren. Kein Ausblick auf das, was kommt. Am Spiegel endet die Zukunft.

Bücher aus der Leihbibliothek, Bücher, in denen Augen gestöbert und Finger geblättert haben, durch fremde Hände gegangene Bücher. Das Papier knistert nicht mehr ungeduldig, matt liegt es, weich und abgegriffen, zwischen den Deckeln und will nichts mehr und wartet auf nichts. So oft ist Blick um Blick über die Zeilen gefahren, daß die Gefahr aus den Worten gelesen ist, die Sätze sind von der dauernden Benutzung stumpf geworden und schneiden nicht mehr scharf durch Herz und Hirn, unwegsame Gedankengänge sind zu bequemen Trampelpfaden ausgetreten. Bücher aus der Leihbibliothek und das Auftragen von Kleidungsstücken der älteren Geschwister.

Die gleichmäßige, lange Reihe der leuchtenden Straßenlaternen perforiert die Winternacht, als könne man sie entlang dieser gestrichelten Linie abreißen wie ein Stück Toilettenpapier.

“Schwere See, schwere See, mein Herz”, singt er. Die Zeile ist gut, aber seine Stimme trägt nicht, zieht nicht über den Atlantik heran wie eine Wetteränderung, kommt nicht von draußen, nicht von jenseits der Nacht. Seine Stimme dehnt fahl und flach über dem Boden wie abgestandene Luft, die unter dem Türspalt eines vernachlässigten Kolonialwarenladens hervorkriecht und lustlos über das Straßenpflaster streicht. Das sind Element of Crime.

Der Vorgang des Erinnerns: man zieht an einem der losen Enden einer Schleife und löst sie. Doch manchmal versucht man es zu heftig, angestrengt und mit zuviel Willen, und der Knoten zurrt sich fest, und fester, je mehr man daran zerrt. Man steht auf einem fremden Balkon und schaut in einen fremden Garten und versucht, es mit der Verweigerung des Gedächtnisses aufzunehmen. Es waren nicht die Plastikblumen in den billigen Kunststoffvasen auf der Terrasse und nicht die Reifenspuren im aufgeweichten Feldweg, die sich mit Wasser gefüllt haben. Es hatte etwas zu tun mit Söhnen, deren Mütter, verwitwet und mit Untermietern versorgt, in zu großen Geburtshäusern darauf warten, daß die inzwischen erwachsenen Jungen zu ihnen zurückziehen und die Lücke mit ihrer Anwesenheit füllen. Aber es war noch etwas anderes, etwas, das mit einem Milchkrug und der Farbe Blau zu tun hatte und an das kein Herankommen ist. Man steht auf dem Balkon, und es fällt einem nicht ein und drückt wie ein Steinchen im Schuh, aber wenn man ihn schüttelt, fällt nichts heraus.

London im Regen und all die Turners in der *Tate Gallery*. Dieser Maler hat seine Seele auf die Leinwand geatmet, und die Farben brüllen das Meer zurück, die Seeungeheuer und den Schneesturm. Von seinem besten Bild allerdings findet sich bloß eine postkartengroße Reproduktion im Kartenständer des Souvenir–Shops. Das Original von *Death on a Pale Horse* ruht im Keller des Museums. Aus gelb unterleuchteten Nebeln heben sich Hals und Kopf eines Pferdes, das ein über seinen Rücken geworfenes, aus Knochen und Leder geflochtenes Gerippe davonträgt. Turner hat mit seinem Pinsel die Schatten später Nachmittage aufgerührt, und Ahnungen sind aufgestiegen wie Körpergeruch, Ahnungen, Furcht und Trost, und haben sich stellenweise zu sanfter Gestalt verdichtet.

Regen im Park. Und durch die Strähnen und die Saumseligkeit und die Schraffur sehen die Bäume verwischt aus und verschmiert, als sei jemand halbherzig mit dem Radiergummi darübergegangen, unzufrieden mit dem ersten Entwurf, aber ohne klare Vorstellung, wie es weitergehen soll. Schaffenskrise, die Welt hält dem prüfenden Blick nicht stand und weicht in Unschärfe aus und in allgemeinen Verdruß, und der Wille liegt wie aufgeweichte Pappe in tagealten Pfützen und taugt nur noch als Wurfgeschoß für Schlammschlachten

Den Bluegrass–Stücken von Peter Rowan so lange zuhören, bis er die sirrenden Töne nicht mehr aus den Saiten seiner Gitarre zieht, sondern die bloßen Nerven in einem direkt anreißt: und die Musik passiert nicht länger außerhalb des Körpers, sondern Klang springt und Sehnen aus ebendiesen angeschlagenen Nerven, und die Kehle wird einem eng, weil die Finger des Musikers die Akkorde vom eigenen Hals abgreifen.

»Ach«, grinst sie, als sie ihn in der Buchhandlung vor dem Regal 'Spannung N – Z' stehen sieht, »Krimis also.« Unwillkürlich drückt er den Andrew Vachss, den er grad in der Hand hält, fest an seine Brust wie eine Bibel, von der man hofft, sie würde die tödliche Kugel noch abfangen, wie man es in so und so vielen Western gesehen hat. »Ich weiß schon«, sagt er rasch, »Leben aus zweiter Hand, andrer Leute Abenteuer, Gefahr auf Sicherheitsabstand und so, weiß ich alles. Auch den ganzen psychologischen Kram von wegen Ersatz und Kompensation für fehlende Erlebnisse. Aber ich hab' eben an keinem Krieg teilgenommen wie mein Alter, der blüht richtig auf, wenn er davon erzählt, von den Flüchen und dem Wundbrand und der Hundekälte, und immer auf des Messers Schneide, und erst da zeigt sich, was ein Mann ist. Und '68 kam für mich zu früh, da war ich noch ein Knopf, und nichts von wegen Häuser besetzen und Wasserwerfer und Untersuchungshaft. Und jetzt ist meine Jugend vorbei, und ich hab' genau die Zeit verpaßt, in der man paar grobe Scheite schlägt, um sie später in der Erinnerung zu verheizen. Mir hat kein besoffener Indianer in der Bronx eine Knarre an die Schläfe gedrückt. Wenn du so einen Augenblick heil überstehst, Mann, dann bist du wirklich nah rangekommen. Ich kann ja noch nichtmal einen ernsthaften Unfall vorweisen, selbst mein Blinddarm ist noch drin. Ich kann nicht mithalten, wenn sie sich abends am Stammtisch die Geschichten aus ihren Blessuren klauben, und daß ich aus eigener Erfahrung wüßte, was Schmerz und Verzweiflung ist, könnte ich nicht gerade behaupten. Es ist schon so, wie mein Freund Michael immer sagt: "Wer nie der Bestie in den Schlund gegriffen hat ... " Was soll ich machen? Dafür hör' ich die Stones. Die machen's dir klar bis auf die Knochen. Und dann kommt mir neulich so ein Arschloch mit dem Satz: die Leute zieh'n sich die Stones rein und denken dann, sie wüßten über das Leben Bescheid, anstatt selbst zu leben. Die Fresse hätte ich dem polieren sollen. Aber hab' ich's getan? Hä? Hab' ich's getan?« Er starrt das Mädchen drohend an. »Weißt du«, beeilt sich die Erschrockene, ihm eilig zu versichern, und schaut sich nervös nach einem Verkäufer um, »so gut kenne ich dich nicht. Und eigentlich wollte ich dich auch nur fragen, ob du mir einen guten Krimi empfehlen kannst.«

Abends auf dem Heimweg überall das Geräusch heruntergelassener Rolläden wie das warnende Rasseln von Klapperschlangen. Zutritt verboten. Die Leute ziehen sich von der Welt zurück in die Ausschließlichkeit ihrer Familien, ziehen die Vorhänge zu und ziehen sich damit die Wohnungen enger um ihre Schultern wie wärmende Kleidungsstücke, die die Nacht und die Kälte und die Höflichkeit draußen halten.

Da steht er, John Campbell, auf der kleinen Bühne im *Sinkkasten*, links flankiert von einer Rhythmus–, rechts von einer

Baßgitarre, und hinter ihm hebt der Trommler die Stöcke. Wer Campbell und Co. nicht sehen kann, weil sich mal wieder zu viele Köpfe zwischen die eigene Person und das Ereignis geknallt haben, wird sie gleich zu hören bekommen. Die drei in der Frontlinie schwingen sich auf ihre Gitarren und preschen los, schneller reiten sie und immer schneller und legen weiter an Tempo zu, bis sie über die Prärie fliegen. Sie jagen die Töne, treiben sie vor sich her und treiben sie zusammen, wie gleißendes Licht von dunklen Gewitterwolken im Zeitraffer übers Land gejagt und getrieben wird. Texanischer Blues bricht aus dem Mann aus Louisiana wie ein uraltes Grollen aus den Schluchten der Canyons ganz woanders, “she whispered his name while she pressed her cheek against me”, und in Campbells langem, schmalem Gesicht zuckt es, als kämpfe der ruhelose Geist eines toten Indianers mit einem chinesischen Mandarin um die Vorherrschaft der Züge.

All die Science Fiction–Filme, die mit aufwendig betriebenem Maschinengewitter und Computergerassel die Augen vor der Zukunft verschließen. Sie zeigen nämlich eine Welt, in der die bürgerliche Moral mit der technischen Entwicklung nicht Schritt gehalten hat: Während Technik und Wissenschaft längst ins nächste Jahrtausend abgehoben haben, ist der gesellschaftliche Sittenkodex unverändert auf dem heutigen Stand. Die kleinen menschlichen Moralvorstellungen bleiben von den phantastisch ausgeklügelten Apparaten und ihren ungeheuerlichen Möglichkeiten gänzlich unberührt, die ethischen Gesetze intakt. Da wird hier und jetzt Zeter und Mordio geschrien über die garstigen

Folgen des Fortschritts wie Vereinsamung, Verrohung und Werteverfall, und dort auf der Leinwand hat der Fortschritt alles an sich gerissen, kontrolliert selbst die Träume, bei der Tugend jedoch ist alles beim Altmodischen, es finden sich keine Fußabdrücke von Robotern auf der Seele, und bevor man sich miteinander vergnügt, hat man, bitteschön, zu heiraten.

»Hast du die gebacken?« will er wissen, als sie ihm zum Kaffee eine Schale mit Plätzchen hinstellt. »Nee, gekauft«, verneint sie bedauernd. Er ist merklich erleichtert und langt zu. Gekauft, das ist gut, gekauft ist ganz nach seinem Geschmack, unpersönliche Kekse aus einer Fabrik, die haben nichts mit der Person der Gastgeberin zu tun, die kann er unbesorgt essen, ohne sich auf etwas einzulassen. Allein der Gedanke, sie könne in der Küche gestanden und sich seinetwegen Arbeit gemacht haben … . Er schüttelt sich unwillkürlich. »Sind nicht so toll, die Plätzchen, was?« sagt sie entschuldigend. »Aber das nächste Mal, wenn du kommst, mach' ich selbst welche.«

Die Einzelgänger, die unter dem *Wanderin' Star* geboren sind und weiterziehen und immer weiter, diese Wurzellosen, die weder Rast kennen noch Ruhe geben und die es unentwegt umhertreibt, "just a lookin' and a hopin' to find some solutions, some answers, some way to exist". Das Stückchen Heimat, das sie brauchen, haben sie dabei und schleppen es mit sich herum wie die Cowboys ihren über die Schulter geworfenen Sattel, und wo immer sie ihren Kopf hinlegen, ist ihr Zuhause. Für ein paar Stunden, manchmal sogar für eine Nacht. Doch wenn der Morgen kommt, sind sie wieder auf dem Highway, oft genug, ohne zu wissen "where this dirty road is taking me". Aber sie folgen ihr, wie Walt Whitman seinem "long brown path" gefolgt ist, der vor ihm lag und ihn führte "where ever I choose", folgen dem ol' red river, den Sternen und dem Tequila, weil es mal wieder Zeit für eine Luftveränderung ist und sie der ewig selben Dinge müde sind, und überhaupt ist das Weiterziehen "easier than just a waiting around to die". Also ziehen die Honky Tonk Heroes wie Billy Joe Shaver dorthin, wo die Wölfe kühner werden, die Renegade Kings wie Lee Clayton, sie reiten allein, Butch Hancock und Guy Clark und Steve Young, der sich auch in Montgomery nicht niederlassen wird, und sie singen von der Kälte da draußen, von schlafenden Schlangen, den Huren am Samstagabend, und daß in einer Flasche Whiskey jede Menge Trost steckt und Mut.

Sie singen, und man schaut vom Computer auf oder vom Gemüseputzen und hört ihnen voller Verlangen hinterher, diesen einsamen Desperados, und draußen fliegt ein Flugzeug vorbei, und man wünscht, man säße drin, und seufzt und schneidet die nächste Paprika klein.

Es ist gut, für alle Eventualitäten gerüstet und stets mit einem Taschenbuch bewaffnet zu sein, gerade groß genug für die Gesäßtasche; locker muß es sitzen wie dem Revolverhelden der Colt, damit man es im Notfall schnell ziehen und die Langeweile auf Abstand halten kann.

Auf dem Abendspaziergang plötzlich das verstohlene Rascheln eines dürren Blatts am Straßenrand, ein trockenes Scharren, als würden mit einem Federkiel geheime Botschaften ins Pflaster gekratzt. Und man wird unruhig, man glaubt, sie entschlüsseln zu müssen: es könnte etwas sein, das einen selbst betrifft.

Townes Van Zandt. Wenn er einmal angefangen hat zu singen, kann man nicht aufhören, ihm zuzuhören, und je länger man ihm zuhört, desto tiefer gerät man in Einsamkeiten, hochgelegen und öde und so kalt, daß selbst die Bäume frieren. Man ist allein mit sich, und es war die Stimme Van Zandts, die einen hierhergeführt hat. Man konnte nicht anders, als ihr zu folgen. Er singt, und man hört die Tür in den Angeln einer verlassenen Holzhütte, die im Wind hin- und herschlägt. Nur dieses unendlich einsame Geräusch, traurig und klein in der Wildnis, wo es niemanden sonst gibt: und die Kinderträume von Liebe und Glück fallen einem ein, längst aufgegeben und vergessen unter den Erfahrungen, die man in den Jahren danach gemacht hat, eine nach der anderen, und das erwartungsvolle Herz ist mit der Zeit zu einem gereift, das es besser weiß. Jetzt lächelt man nur mitfühlend, wenn jemand von Liebe spricht, und tritt zurück, und "ich werde gar nicht erst versuchen", singt Townes Van Zandt, "dich zum Weinen zu bringen, denn die Tränen würden deine Augen nicht finden". Seine Lieder stoßen die Tür zur Nacht auf, und die steht bitter leer.

Mal wieder für ein paar Tage in London, und der lange Ire, der einem gastfreundlicherweise ein paar Meter seines Wohnzimmerfußbodens zum Übernachten überlassen hat, will abends eine Freundin besuchen, packt einen an der Schulter und kommandiert: »And you're coming, too«. Einer so eindeutigen Aufforderung kann man sich schwer entziehen, also trottet man mit. Dort angekommen, hat man kaum die üblichen 'nice to meet yous' hinter sich gebracht und das ebenso übliche Angebot einer Tasse Tee mit dem erwarteten 'yes, please' brav beantwortet, als das Telefon klingelt und die Freundin zu einem Fest eingeladen wird. »Okay, coming«, sagt sie für alle Anwesenden gleich mit zu, und das bedeutet, keinen Tee, sondern Aufbruch und noch mehr Leute, die man nicht kennt. »I don't know them, either«, beruhigt einen der Ire und folgt seiner Bekannten vergnügt und meilenweit für die Aussicht auf kostenlose Verköstigung. Das Haus, das sich schließlich durch sein oberstes Stockwerk voller Musik, Licht und Gelächter als das richtige ausweist, ist noch in Arbeit, und der Weg zur Party führt außen übers Gerüst nach oben. Doch selbst dann hat man erst den Balkon der Nachbarwohnung erreicht, und es steht einem noch ein Balanceakt über eine schiefe Planke bevor. Langsam kommen einem Zweifel, ob es sich bei der Aktion tatsächlich nur um einen Besuch und nicht doch um einen Einbruch handelt. Aber wer läßt sich schon gern Feigling nennen, und so steht man bald zwischen nobel gewandeten Emporkömmlingen auf grauen Velourteppichen, trinkt Ananassaft aus einem Pappkarton und fragt sich, ob man noch ganz bei Trost ist. Der Ire ist verschwunden. Seine Freundin auch. Im Badezimmer des Hauses gegenüber macht sich eine

Schwarze zum Schlafengehen fertig. Nach ein paar Worten in diese und ein paar Blicken in jene Richtung erkundigt man sich bei irgendwem nach dem Grund der Feier. »Dunno«, erwidert der kleine Rotschopf gleichgültig, »I'm only the DJ.«

Rapsfelder im Mai. Wenn man daran vorbeifährt, leuchten sie wie die Hölle, aber wenn man von weitem einen Blick auf die Täler und Hänge mit diesen genau bemessenen gelben Stempelkissen wirft, das hat etwas auftrumpfend Geiziges, als zahle es einem das Schicksal mit bösartiger Penibilität Pfennig für Pfennig heim. Es wirkt kleinkariert und macht die Landschaft spießig, und sie sieht aus wie eine billige Decke auf Hempels Sofa.

Connemara und die Ewigkeit. Der Bog zwischen Roundstone und Clifden im Westen Irlands ist weit und leer und dauert seit je und für immer. Nur Torf und Steine und graues Gras, Mondland, von hundert Seen zerrissen. Und getürmte Brocken Fels, so planlos hier und da, als hätten sie in ihrem Herumpoltern zufällig und irgendwann einfach innegehalten, erstarrte Bewegung. Schafe, Stille und kein Zeichen, aus dem sich der Zeitpunkt der Geschichte ableiten ließe, kein Hinweis auf Heute. Hier vergehen keine Stunden, es wird nur kühler, dunkler, Nacht und hell, aber das geschieht auf der Stelle, ohne Davor und Danach, es ist immer Jetzt. Dauer. Man glaubt sich sicher. Doch dann stolpert der frei streunende Blick über eine verdrückte gelbe Plastikflasche Abflußreiniger, die mit bösartiger Genauigkeit am Rand eines Tümpels liegt, und der Zauber fliegt auf und wird faul. Die Zeitlosigkeit ist mit einem schmutzigen Splitter Gegenwart infiziert worden und krankt auf ein konkretes Datum herunter.

Wenn das mit dem Denken nicht mehr so klappt, und man bleibt in den Überlegungen stecken und kommt nicht vor und zurück, weil die grauen Zellen im Hirn aneinanderpappen wie klebrige Reiskörner, muß man Enten füttern gehen. Das Brot aus dem Beutel holen und zerbröseln und Bröckchen für Bröckchen den Tieren hinstreuen. Und irgendwann fangen diese kleinen nestelnden Bewegungen an zu greifen, und man zieht sich mit ihnen, während man ein Stück Brot nach dem anderen in den Weiher wirft, die Gedanken aus dem Schädel, und der Kopf ist wieder frei.

Die schwarzgekleidete Blonde, die mit ihren lilabewimperten Augen je nach Standpunkt wie ein verhinderter Vamp oder eine ausgebüchste Klosterschülerin aussieht, hangelt sich in aufwendiger Kleinarbeit auf den Barhocker, bestellt Tequila Sunrise und fragt dann aus dem rechten Mundwinkel zu ihrer Freundin hinüber: »Erzähl' doch mal, wie war's denn im Urlaub?« — »Schön«, sagt die, strahlt und schiebt sich den Armreif aus Elephantenhaaren ein paar Zentimeter zurück. »Ach«, vor Enttäuschung läuft die Stimme der Barhockerin zwei Nummern ein, »wie schön für dich.« Gelangweilt zupft sie an einem Bierdeckel herum. Dann fällt es ihr ein. »Tina hingegen«, ruft sie triumphierend, »die hatte einen ganz grauenhaften Urlaub. Du hättest dir mal anhören sollen, was der alles passiert ist. Sowas von ätzend. An der Grenze haben die sie für eine Terroristin gehalten, das Auto, das Gepäck, du kannst dir nicht vorstellen, was die alles damit gemacht haben. Dann wird ihr Freund da unten richtig krank, Magen oder so, jedenfalls muß er ins Krankenhaus. Als nächstes sind die Travellerschecks verschwunden. Und in das Haus, das sie gemietet haben, wird eingebrochen, das ganze Geschirr kaputt, und sie muß von so Papptellern essen. Außerdem fängt ihr Freund was mit der Assistenzärztin an, und der Kerl, mit dem sie sich über das Gröbste hinwegtröstet, stellt sich auch noch als Zuhälter raus, der sie in der Hochsaison da einsetzen wollte.«

Der Junge am Ende der Theke hat sich immer mehr von seinem Bier ab– und den Horrormeldungen von Tinas Urlaub zugewandt. »Klingt richtig gut«, nickt er anerkennend, »wo läuft der Film?« — »Das ist kein Film. Das ist meiner Freundin passiert«, versichert die Schwarz–Blonde stolz. »Mann«, der Junge schüttelt neidvoll den Kopf, »manche haben vielleicht ein Glück. Die erleben sogar im richtigen Leben noch was.«

Ohne Mystifizierung geht nichts mehr. Mit bloßen Fakten läßt sich das Volk nicht länger abspeisen, es will wieder glauben, blind drauflos, wenn es sein muß: Hauptsache, es geht recht weltentrückt zu. Also wird aus allem eine Religion gemacht, selbst aus

Nachrichten und Reportagen. In seinem Bericht über die Machenschaften der Mafia setzte *Spiegel TV* nicht sonderlich auf Aufklärung, sondern setzte mit verklärter Kamera Gegenstände in Szene wie heilige Reliquien: ein Inspektor deutet andächtig auf das Telephon (Großaufnahme Telephon), auf dem nach der Bombe von Florenz der Bekenneranruf einging; eine Beamtin zeigt mit scheuer Ehrfurcht auf den Schrank (Großaufnahme Schrank), der Andreottis Akten birgt. Man huldigt den Dingen, als ließe sich mit ihnen die Erlösung vom Übel heraufbeschwören. Der Verstand ist beim Teufel.

Der deutsche Tourist fühlt sich betrogen. Jetzt ist er schon drei Tage auf der Grünen Insel, und noch immer nicht hat er das zu Gesicht bekommen, was er sich unter einem typischen Iren so vorstellt. »Die seh'n ja alle aus wie daheim bei uns«, beschwert er sich an der Hotelrezeption. Da muß erst einer aus Frankfurt die Empfangshalle betreten, der gut durchblutet ist und Christian heißt, und beim Anblick dieser gesunden roten Haut stößt der Mann aus Paderborn sein Weib aufgeregt und glücklich in die Seite: »Da, da, schau ihn dir an, das nenn' ich dir einen Iren von echtem Schrot und Korn.« Und damit ist abends um sieben sein Weltbild wieder in Ordnung.

Wieder ein Film mit Jean-Louis Trintignant, und wieder ist er im Schlafanzug. Er trägt ihn wie Maurice Chevalier seinen Zylinder, John Wayne sein Halstuch und Ben Gazarra sein

Grinsen. Er trägt ihn zur Verteidigung. Wobei seine Art der Verteidigung die der Abschreckung durch seine vorgeführte armselige Lächerlichkeit ist. Ein Mann im Pyjama ist kein Gegner. Wie sich Sempés *Petit Nicholas* vor dem befürchteten Angriff eines feindlich gesinnten Mitschülers hastig die Brille aufzieht, weil er gehört hat, daß die Fairneß es verbietet, einen Schwächeren zu schlagen, so verkriecht sich Trintignant in dem gestreiften Stoff, um in dieser schlotternden Hülle etwaigen Schicksalsschlägen zu entgehen. Der Schlafanzug ist die Zuflucht des kleinen Mannes vor den Gemeinheiten der Welt.

Wenn man mit dem Bus durch Dublin fährt, sieht man Palmen in Vorgärten; ein Pub nach dem anderen, selbst in Vierteln, gottverlassen, und wo es sonst nichts gibt, gibt es immer noch ein Pub als letzte Rettung; die *Sun* auf dem Beifahrersitz eines Lieferwagens; zerfallene Häuser; überall riesige Plakate von einem Open Air–Konzert mit Christy Moore, Van Morrison und Neil Young; Schulmädchen in Uniform; an einem schrundigen Haus das Ladenschild 'False Teeth Repair'; einen Akkordeonspieler; die Wicklow Mountains am Ende einer Gasse, als schaue man zwischen den Fassadenzeilen einer Western–Kulisse hindurch; mehr als ein Dutzend Bananenverkäufer in der Henry Street, die sämtlich ihre gelben Früchte in alten Kinderwagen spazierenfahren; einen Bouzukispieler und eine Flötistin; von wilden Pflanzen gesprengte Häusermauern und Trümmergrundstücke mit grünen Sträuchern; kaum ein Polizeiauto; einen alten Geiger; Palmen in Hinterhöfen; tatsächlich noch einen billigen

'Fish & Chipser'; nicht halb so viele Wettbüros wie in London; die dunklen Lagerhallen als Uferbegrenzung des Charlotte Quay, als hätte Murnau hier *Nosferatu* gedreht; noch einen Akkordeonspieler; kleine Bäume in den Fensterhöhlen halb eingerissener Häuser; das Meer am Ende einer Straße.

Die verlangsamende Kühle von Dorfkirchen. Es riecht nach Holz und steinernen Statuen und Staub. Raum voller Stillstand: hier passiert nichts, und nichts nimmt hier seinen Fortgang. Ein Aufbewahrungsort, der die Dinge konserviert wie die Gefrierstationen in Science Fiction–Filmen, während draußen die Jahrhunderte vergehen. Mit dem Betreten einer leeren Kirche auf dem Land schlägt man ein Buch mit unbedruckten Seiten auf.

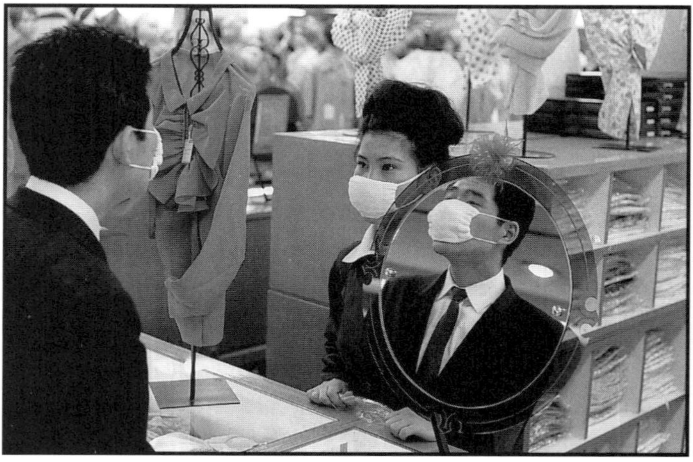

Das Meer platzt weiß und schäumend an der Felsküste auf, der Sturm packt den kleinen Hafenort grob am Nacken und schleudert ihn hin und her wie ein wildes Tier, das seine Beute nicht aus den Zähnen läßt, und am Kaminfeuer der *Roundstone House Bar* erzählen sie sich Geschichten von Leidenschaft, Tod und Teufel. Nabokov kommt vor und eine Schneeprinzessin, die als Liebesbeweis durchs Feuer geht. »Sowas Extremes hab' ich von meinen Freundinnen nie verlangt«, sagt einer der *Guinness*-trinker bedächtig, »aber ich kann mich erinnern, früher, als Junge, aber auch noch mit fast Dreißig, da wollte ich von ihnen wissen, ob sie mich so sehr lieben, daß sie sogar Hundescheiße für mich essen würden. Das war das Gräßlichste, was ich mir vorstellen konnte. Wenn sie um meinetwillen diesen Ekel überwinden würden … . Gottseidank hat es keine getan. Die Vorstellung, so einen Mund dann küssen zu müssen … . Auf der anderen Seite«, fügte er nachdenklich hinzu, »bin ich mit keiner von ihnen mehr zusammen.«

Da gibt es etwas, das getan werden muß. Eine kleine lästige Pflicht, deren Erledigung einem ein gewisses Maß an Energie abverlangt. Aber anstatt nun die benötigte Kraft ganz einfach in die Beseitigung des Hindernisses zu stecken, benutzt man sie für zeitraubende Ausweichmanöver und komplizierte Konstruktionen, um darum herumzukommen. Der Aufwand und die Anstrengung zur Vermeidung der Arbeit erfordern weitaus mehr Mühe als die Arbeit selbst. Trotzdem zieht man sie einer direkten Inangriffnahme vor.

Die Erinnerung an die Verfilmung von Hamsuns *Hunger*, schwarz wie die sprießenden Bartstoppeln des Protagonisten und der Dreck der Gosse unter seinen Fingernägeln und weiß wie die frischen Bettlaken, zwischen denen er niemals schlafen wird. Und Per Oscarsson auf der Parkbank, düster, ausgezehrt und stinkend schäbig, eine aussortierte Kreatur. Aber er kichert nur bösartig irre und beharrt schroff auf seinem heruntergekommenen Status, knochig ragt er und drohend am Heimweg der Wohlstandsbürger auf, eine schartige Klippe, an der die Gesellschaft zerschellt.

Der Applaus legt sich, und Simon Nabatov, der russische Pianist, kreist genüßlich über den Tasten wie über einer geöffneten Schale Konfekt, zögernd, welche Note er sich aus dem breitgefächerten Angebot herauspicken soll. Wählerisch probiert er erst eine Weiße, nimmt dann von weiter oben ein Fis, versucht schließlich einen dunkleren Nußnougatton. Die Klänge zergehen süß und einzeln in den Ohren der Zuhörer. Samstagabend in der Konditorei. Doch plötzlich, als hätte er anstatt in die Pralinendose in ein Starkstromkabel gelangt, schmeißt er alles, Töne, Glieder, Zurückhaltung, über den Haufen und tobt seinen Zuckerschock aus. Und jetzt gibt es auch wieder den Mann, der Ernst Bier heißt, am Schlagzeug, Ed Schuller eilt an seinen Baß, Perry Robinson greift zur Klarinette, und was dann losbricht, reißt den Leuten auf den Stühlen mit einem Ruck die wohlüberlegte Ruhe vom Leib, und der Raum zerspringt in lauter kleine Bewegungsreflexe.

»Wenn ich auf einen Anruf warte«, gesteht sie ihrer Freundin, »von dem ich befürchte, daß er nicht kommt, stell' ich mein Telephon ganz leise. Wenn er dann wirklich nicht anruft, kann ich mir immer noch einreden, ich hätte bloß das Klingeln nicht gehört.«

"Jedesmal, wenn das Telephon nicht läutet, weiß ich, daß du es warst", heißt es in einem amerikanischen Lied.

Ein verrostetes Gittertor irgendwo in einer Mauer, oder ein alter weißer Holzzaun irgendwann längs eines Abendspaziergangs. Irgendetwas beim Anblick dieser brüchigen Markierungen löst einen Erdrutsch von Gefühlen aus, und aus der Halde durcheinandergeratener Empfindungen ragt der Lenker eines Kinderrollers, eine Wachstuchdecke mit gelben Rosen kommt zum Vorschein, eine dreieckige Papiertüte mit Brausebonbons und der linke Lackschuh, den man sich mit Hilfe des rechten Fußes beim Geburtstagskaffee von Tante Lona heimlich unterm Tisch abgetreten hat (»Jeeesus, ist das Kind heut' wieder unruhig«). Es ist nicht das Gartentor oder der Holzzaun, es ist die Verwitterung und der Rost und die abgeblätterte Farbe, die Anfälligkeit dieser Grenzen, das rührend Schutzlose dessen, was als Schutz gedacht war. Und tatsächlich als Schutz funktioniert. Bis zum Tor kommt man, bis zum Zaun. Aber obwohl man sich mit einem gezielten Tritt über die Sache hinwegsetzen könnte, bleibt man respektvoll vor der Einfriedung stehen, hinter der die Erinnerungen verwildern.

Ein Dorf mit restaurierten Fachwerkhäusern hat etwas Beklemmendes. Strukturen, kreuz und quer, die jede Bewegung festsetzen. Es ist, als sei man in ein angefangenes Kreuzworträtsel geraten, wo eins zum andern führt und alles vorgegeben ist und hübsch im Rahmen bleibt. Ein kleines Kästchen nach dem anderen, bis alle so ausgefüllt sind, wie es sich gehört. Ein Ort voller Fachwerkhäuser, und die Zukunft ist versperrt.

Die Zeit, die sie zusammen in Paris verbrachten, gehörte zu den schönsten Wochen ihres Lebens. Nichts, was sie nicht miteinander teilten, nichts, was sie sich nicht sagten. Sie waren so eng und innig und vertraut miteinander, daß sie oft nicht wußten, wo der eine aufhörte und die andere begann. Sie waren ein glückliches Paar. Sie blieben ein Paar. Jahre später saßen sie abends auf ihrem Balkon und sahen zu, wie ihre Nachbarn von der Arbeit nach Hause kamen. »Erinnerst du dich«, sagte er und schenkte sich noch ein Glas Pinot Grigio ein, »als wir das erste Mal zusammen in Paris waren?« Sie sah ihn lächelnd an. Er fuhr fort: »An dem Abend, als wir in dem stickigen kleinen Kino im Quartier Latin 'Tales of Terror' gesehen haben ...« — »Du meinst 'The Comedy of Terrors'«, unterbrach sie ihn, »den Tourneur–Film. Den von Corman haben wir hier im Fernsehn gesehen.« — »Den von Tourneur, ja«, nickte er und wich ihrem Blick aus. »Ich bin nochmal raus, bevor der Film anfing, erinnerst du dich, ich hab' gesagt, ich hätte Hunger und wollte mir schnell noch irgendein Sandwich holen.« — »Ja, ich weiß«, sagte sie, »und du warst so lange weg, daß ich Angst hatte, der Film fängt an, bevor du wieder zurück bist.« — »Ich hatte keinen Hunger«, sagte er, »ich hatte auf dem Weg ins Kino ein Mädchen gesehen, das saß auf der Ufermauer an der Seine, mit ganz langen dunklen Haaren und angezogenen Knien und war bis zur Selbstaufgabe in ein Buch vertieft. Es war der Inbegriff dessen, was man mit Paris und der Liebe verbindet. Diese zauberhafte Frau dort am Fluß. Ich hab' mich auf der Stelle in sie verliebt. Aber ich war mit dir. Und im Kino dann .... Plötzlich gab es eine Gelegenheit. Ich mußte einfach nochmal zurück. Ich mußte sie sehen, mit ihr sprechen, sie berühren. Sie war nicht mehr da.« Die ganze Zeit über, während er geredet hatte, hatte sie ihre Augen nicht von ihm genommen, und Souvarins Satz aus *Germinal* ging ihr durch den Kopf: "Sie sah mich noch an, als sie schon tot war." Sie fragte ihn nicht, warum er ihr das alles nicht gleich damals erzählt hatte, oder aus welchem Grund er es jetzt nach all den Jahren tat. Sie fragte ihn auch nicht, was er getan hätte, wenn das Mädchen noch dagewesen wäre. »Trink' deinen Wein«, sagte sie, »er wird ganz warm.«

Die Art und Weise, wie Mike Scott von den Waterboys das Wort 'spirit' von seinen Lippen schnippt: und es fliegt flach und pfeilschnell durch die Luft und schlägt genau mit dem 'r' auf und verspringt wie ein scharf angeschnittener Tischtennisball — oder als hätte sich eine Elfe bei just diesem 'r' mit dem Zeh an einem Stein gestoßen, und danach die Silbe zerspritzt in Myriaden irrlichternder Stäubchen und verglimmt.

Die drei Leute, die quer über das große Café verteilt sitzen, wirken in ihrer Vereinzelung wie Verunreinigungen des gepflegten Raumes, wie der Beginn einer Hautkrankheit. Der Junge hinter der Theke stellt die Musik lauter und versucht, die unliebsamen Gäste damit auszudrücken wie lästige Pickel. Bei zweien schlägt die Roßkur ziemlich umgehend an. Die dritte hingegen, ein Mädchen, das bis dahin krumm und undeutlich auf dem Stuhl hing, eine zufällig mit auf den Schnappschuß geratene Person, nimmt mit der Lautstärke, sich im Rhythmus wiegend, Form an, wird genauer und ist plötzlich der Mittelpunkt des Bildes. Der Raum tritt in anerkennendem Schweigen zurück und gibt sich als Hintergrund zufrieden.

Das Telephon ist das Instrument der Feiglinge. Mit dem Hörer ergreifen sie gleichzeitig die Möglichkeit, das Gespräch schleunigst wieder aus der Hand zu legen wie ein heißes Eisen, falls ihnen die Sache zu brenzlig wird. Sie tragen es vorzugsweise per Telephon aus, weil sie dabei kein Risiko eingehen. Ein Wort, das ihnen nicht paßt, ein Argument, das zu parieren sie sich außerstande sehen, und sie machen sich einfach aus der Leitung. Man sitzt da, abgewürgt, ein dumpfes Schweigen im Ohr, als hätte einem jemand den Gehörgang mit einer stockigen Socke geknebelt, sitzt ohnmächtig da, voller Zorn und mit einem Köcher, berstend vor giftigen Sätzen, die, abgefeuert, nurmehr ins Leere gehen, und den feigen Aal könnte man glatt mit der Telephonschnur erwürgen.

Wenn man eine alte Schublade aufzieht, ruckhaft, weil sie verklemmt ist und sich sträubt und verspreizt, und wenn sie dann halb aus der Kommode gezerrt ist: diese dicken Schwaden von Geruch, die sich wie Konservierungsmittel über die scheppernde Unordnung gelegt haben. Metallisch riecht es und nach Grünspan, nach Mottenpulver, Wagenschmiere und toten Insekten. Die Luft im Zimmer füllt sich mit mattgrauen Substanzen, das Bewußtsein läuft schwärzlich an wie unbenutztes Tafelsilber, und die Bewegungen, als hätte sich das Gravitationsfeld um ein Vielfaches verstärkt, geschehen mühsam und mit Schmerzen. Die Zeit hat sich verzogen. Als befände man sich im Epilog einer Science Fiction–Story.

Er kommt an seine Angebetete nicht heran. Also bestellt er sich in der Kneipe ihren Lieblingswhiskey, liest die Bücher, die sie liest, hört die Musik, die sie hört, fährt dorthin, wo sie ihren Urlaub verbracht hat, sammelt Stiche von Piranesi, den sie bewundert und kleidet sich in ihren Lieblingsfarben. Stück für Stück montiert er ihre reale Person in der Außenwelt ab und setzt sie innen in sich neu zusammen. Stärker, spürt er, kann er sie nicht besitzen.

Don Pullen im blauen Zelt unten in der Kasseler Karlsaue. Dieser Jazzpianist hat einen Diamanten im rechten Ohrläppchen und den Teufel im Leib. Wie ein Schlangenkopf stößt seine linke Hand flach und pfeilschnell nach vorne und schnappt sich die

Tasten, und seine Rechte überschlägt sich ekstatisch auf den allerhöchsten Tönen, bis sie perlend überschäumen. Er drischt auch noch den letzten Funken Leben aus sich und dem Klavier, und seine Füße, wie die Hufe eines Satyrs, stampfen voller Wollust um das Feuer und jeden Anstand in Grund und Boden. Pullen allein ist schon fast zuviel fürs Seelenheil, zusammen mit seiner African–Brazilian Connection treibt er Rausch und Orgie auf die Spitze. Den Abend verläßt keiner so, wie er ihn betreten hat. Jede Trübseligkeit, jede Verbitterung und Vorsicht, alles, was halbherzig ist und grau und die Schritte schleppend macht: all das wird in einem wilden Tanz von Trommeln, Bass und Saxophon (Carlos Ward) exorziert, bis einem die Dämonen der Mittelmäßigkeit kreischend aus den Knochen fahren.

Über der Ebene steht ein Ballon. Ein Heißluftballon, bewegungslos, über einer Landschaft, die so gewöhnlich ist, so beiläufig, daß sie zum einen Auge reingeht und zum anderen wieder raus, und nichts von ihr bleibt in Erinnerung. Aber, als sei über das Gebiet ein Urteil verhängt worden, steht plötzlich dieser Ballon da, wo sonst immer nur Himmel ist: und die Gegend wird Gemälde. Sie wird alt und hält inne, und auf einmal schaut man hin und betrachtet jedes Detail, das nicht länger beliebig ist sondern wichtige Einzelheit, die geplant und willentlich jeweils genau dort hingesetzt wurde, wo sie sich jetzt befindet. Hinter allem steckt Absicht. Und unwillkürlich sucht der Blick in den Ecken nach dem Namen des holländischen Meisters.

Im Sommer kommen die Geräusche näher. Fremde Stimmen springen unvermutet im Zimmer auf wie Aktentaschen und verstreuen die Vertraulichkeiten ihrer Besitzer, die sich unten auf der Straße unterhalten, wahllos in der Wohnung. Hunde scheinen kläffend im Flur hin- und herzujagen, Flugzeuge eine Abkürzung durch die Stirn zu nehmen, und die Beethoven-Ouvertüre von zwei Häusern weiter platzt durch die Tapeten. Mit der Distanz schwindet die Diskretion. Man bekommt ungefragt den verschwitzten Fingerabdruck von Privatsphären, die einen nichts angehen, aufs Ohr gedrückt.

Der Geruch von warmem Toastbrot bringt die Luft zum Stehen. Sie wird feucht und drückend wie vor einem Gewitter. Zu eng gestrickt. Zuviel Sparsamkeit und häusliches Herz und Kümmernis. Als hätte einem jemand ein heißes Bügeleisen auf die Luftröhre gestellt.

Dinge, mit denen man rechnen kann, die dazugehören, regelmäßige Vorkommnisse, Verläßlichkeiten. Man hat sie sich wie einen Stein nach dem anderen durch den Tag gelegt und kommt so trockenen Fußes hinüber. Und dann muß man plötzlich einen größeren Schritt machen, weil eine dieser gewohnten Stellen fehlt. Veränderungen. Der Dackel von Nr. 11, dessen Gebell man beim Vorbeigehen stets aufgerührt hat, gibt nicht den geringsten Laut von sich. Der Laden an der Ecke hat den Blutorangensaft aus seinem Sortiment genommen und zwingt einen zum Umdenken oder zum Umweg. Die Urlaubsvertretung des Briefträgers wirft die Post zwei Stunden später ein, jetzt muß man mit dem Lesen bis zum Abendessen warten. Eine Bekannte grüßt einen nicht mehr. Irritationen. Etwas ist durcheinandergeraten. Als käme man nach Hause, und der Wohnungsschlüssel paßt nicht mehr ins Schloß.

Lee Clayton im *Sinkkasten*. Von eher kleiner Statur wie die besten Mittelstürmer, steht er unter seinem schwarzen Hut auf der Bühne, den Rücken dem Publikum zugekehrt, als hätte er von dort nichts Arges zu befürchten, und facht auf seiner Gitarre ein schweres akustisches Feuer an. Nur zum Singen dreht er sich um, und seine Stimme, klar und scharf wie eine Winternacht, in der die Sterne so fern sind, daß sie hinter den sichtbaren Eiskristallen ihrer Lichter längst aufgehört haben zu existieren, seine Stimme fährt einem schneidend in die Knochen. Clayton singt, als hätte er keine Erfahrung ausgelassen, als hätte er sich um den Verstand und sein Herz leergelebt, er singt, als sei das seine einzige Chance, doch noch durchzukommen. Noch Tage danach hört man seine Stimme hart durch die Erinnerung hallen, hart und flach wie die dünnen Metallplättchen unter den Stiefelabsätzen eines Desperados.

Der verwischte Stempel auf dem Handrücken am Morgen nach dem Konzert: erinnerungsträchtig wie ein blauer Fleck. Die Nacht davor hat hart zugedrückt.

So früh raus in den Morgen, daß es mindestens eine Schicht irischer Schafswolle braucht, um sich die dünne, silberne Kälte vom Leib zu halten. Die Stadt steht leer, als hätte die Katastrophe schon stattgefunden, und in den widerhallenden Weiten wechseln die Ampeln ihre Farben sinnlos rauf und runter und regeln nichts. Ausgerechnet in einem Industrie–Viertel räkelt sich auf einer riesigen Plakatwand ein Mann zwischen schwarzglänzenden Bettlaken, ihm gegenüber sind die Abenteurer schon aufgebrochen und unterwegs zu den 'Idols of the Dawn', bunter Traum, der in *Camel*–Rauch zergeht. Die blanken Gesichter der Wartenden in den Fluren der Ämter, ohne Regung, ohne Ausdruck, Gesichter, unter deren Haut sich der Schlaf eingenistet und alles Leben herausgefressen hat, ein vollgesogener Parasit, und die Tasse Kaffee kurz vorm Weggehen, hastig, den Autoschlüssel schon in der Hand, war eine zu geringe Dosis Gift, um ihn zur Strecke zu bringen. Sie sitzen da, dem Warten ausgeliefert, lehnen an den Wänden. Grüne Wände wie meist in offiziellen Gebäuden, grün, als hätte die Zeit dort Schimmel angesetzt, und jedesmal, wenn eine Tür schlägt, schauen sie auf, starren auf die Nummer an der Anzeigetafel und vergleichen sie mit der Nummer in ihrer Hand und hoffen, diesmal sei es ihre und sie hätten das große Los gezogen und kämen an die Reihe.

Gelb kann einen deutlich geringschätzigen Ton an sich haben, eine dummdreiste Abfälligkeit, besonders wenn es — Beton und Asphalt selbstherrlich ignorierend und sich jedem Ausrottungsversuch starrköpfig widersetzend — als blühendes

Unkraut daherkommt und alles besser weiß. »Pißblume!« hat meine Großmutter es zornig beschimpft. Der Anblick des ihrer Beleidigung zum Trotz unvermindert weiter strahlenden Hohns hat ihr nicht selten den weiteren Weg vergällt, ja, oft ließ sie sich in ihrer Wut dazu hinreißen, der verhaßten Pflanze einen ausführlichen Fluch zu verpassen oder gar auf ihr herumzutrampeln, als fachte das heftige Gelb irgendeine Angst in ihr an, und sie mußte es austreten wie die Funken einer Gefahr, bevor sie den trockenen Tag in Brand setzen konnten.

Da glucken sie mal wieder zusammen, die Wirrköpfe aus Kassels Vorderem Westen, im *Café am Bebelplatz*. Gescheiterte Feministinnen, die jetzt das Einkommen ihrer Männer dazu benutzen, bei einem großen Stück Quarkstollen die 'Unlösbarkeit der Frauenfrage' zu bejammern. Unzufriedene Lehrer, die jedem »ganz im Vertrauen« mitteilen, das mit dem Lehrer machen sie nur nebenbei, in Wirklichkeit seien sie Maler; manchmal hängen die Beweise ihrer wahren Berufung an den Wänden des Cafés und sehen aus wie Darstellungen eines schwerwiegenden Verdauungsproblems im fortgeschrittenen Stadium. Erfolglose Musiker, die paar Noten aus dem Fenster flattern lassen, einen Toaster hinterherfeuern und das Ganze dann Free Jazz nennen. Dauerjobber, die alle paar Wochen einem anderen ins Handwerk pfuschen, aus ihrem Dilettantismus eine Philosophie machen und von Schopenhauer nur als »mein Kollege Schopenhauer« reden. Teilzeitangestellte im 'alternativen Ernährungswesen', die über den Witz »Naturkostläden heißen so, weil die Natur dort viel kostet« nicht lachen können, sie sind in dem Gewerbe eh ganz fehl am Platz, weil 'Wintergemüse' für ihr empfindsames Gemüt wie der Titel eines Gedichtes klingt und nicht wie etwas, das sie gegen Bezahlung in braune Papiertüten zu packen haben. Hinter ihrer dritten Tasse Tee oder ihrem vierten Glas Rotwein verschanzt, werfen sie mitleidige Blicke hinaus auf die Straße zu jenen, die von der Arbeit kommen oder zum Einkaufen eilen. Normale Menschen. »Gott, wie entsetzlich«, schüttelt es einen von Schopenhauers Kollegen, »wie können die so ein Leben bloß aushalten? Ich würde glatt verrückt werden.«

Wenn sich Tschechen unterhalten, das hört sich an, als hätten sich unzählige kleine Tierchen zwischen den Sprungfedern eines alten Sofas gemütlich eingerichtet, ein rostiges Wispern, ein Tuscheln und Schnarren, und manchmal — als stünde eine dicke Person gerade im Begriff, sich auf den Polstern niederzulassen — huschen die Konsonanten hurtig durcheinander und bilden wirre Knäuel, aus denen in hundert Jahren kein brauchbarer Sinn strickbar zu sein scheint.

Die Familie und die Freunde, die das Bett des Sterbenden umstehen wie einen Teich, in den jemand einen Stein geworfen hat. Sie sehen zu, wie das Wasser sich kräuselnd wehrt, wie die Wellenringe sich ausbreiten, schwächer werden, stiller und abklingen, bis die Oberfläche glatt ist, unbewegt, und nichts mehr zu sehen. Und auf dem Grund liegt unerreichbar ein Toter.

Barhocker. Diese ins Kraut geschossenen Stühle haben schon manche Salonlöwen–Karriere ins Wanken, wenn nicht gar zum Einsturz gebracht. Auf die unproportioniert langstieligen Dinger kommt nicht jeder so lässig rauf wie er vorher zur Tür hereingekommen ist; sie sind die Nagelprobe für Weltgewandtheit und Nonchalance und scheiden die bloß Gernegroßen von den wahrhaften Hünen. »Erstmal schau' ich zu«, sagt eine erfahrene Nachtschwalbe, »wie einer auf einen Barhocker steigt, bevor ich ihn ernsthaft in Erwägung ziehe.« Und Mick Brennan stellt anerkennend fest: "You can still fly a barstool", und nimmt diese Fertigkeit Kinky Friedmans als Beweis, daß sein vom Country–Singer zum Amateur–Detektiv konvertierter Freund das Leben nach wie vor bei den Eiern hat.

Große Stücke Rinde liegen überall auf der Straße, der Wind hat den Platanen aus ihrer Verkleidung geholfen. Jetzt stehen die Stämme gelbgefleckt wie Tiger auf dem Sprung, der Weg zur Bäckerei ist gefährlich geworden. Und unter den Schritten knackt es, als sei die Gegenwart morsch und halte nicht mehr allzulange stand.

Das Bild auf dem Fernsehschirm ist so alltäglich, daß es fast unter der Aufmerksamkeit durchgerutscht wäre. Zwei Heckenschützen hinter ihren MGs. Geläufig genug. Doch diesmal ist da etwas Irritierendes, eine obszöne Zusätzlichkeit, und die sorgt wie ein gemeiner Widerhaken dafür, daß der Augenblick nicht aus dem Bewußtsein zu entfernen ist, ohne blutige Wunden zu reißen. Über dem Soldaten rechts steigt heller Rauch auf, eine dünne, unstete Spur, senkrecht nach oben. Aber kein Schuß ist diesem feinen Faden vorausgegangen, sondern ein Zug aus der Zigarette. Der Schütze liegt hinter seinem Gewehr und raucht. Und das Morden bekommt auf einmal etwas grauenhaft Zivilisiertes, etwas, das den Krieg wie ein Gesellschaftsspiel aussehen läßt, und in der Feuerpause säubern sich die Hasardeure gelangweilt die Fingernägel.

Leute, die zuallererst die letzte Seite eines Buches aufschlagen, um nachzusehen, wie es ausgeht, bevor sie sich auf die Sache einlassen. So sind sie gegen jede unliebsame Überraschung gefeit, dem offenen Ende ist ein Riegel vorgeschoben; hier dringt nichts mehr ein und packt sie unvorbereitet am Schlafittchen. Es hat etwas Verschrecktes, etwas Panisches fast, dieses Absichern um jeden Preis, die Unduldsamkeit gegenüber dem Unbekannten. Wie in Horrorfilmen, wenn sie sich bedroht fühlen und hastig die Kellertreppe hinunterstürzen, um die Hintertür fest zu verschließen. Und dann sind sie mit sich selbst eingesperrt, und das wirkliche Grauen kann beginnen.

Mit all den gefallenen Kastanien unter den Bäumen sehen die Straßen gegen Ende des Sommers so vornehm möbliert aus, es glänzt, als sei die stolze Hausfrau mit Schwung und einer Flasche Politur über ihre Mahagoni–Einrichtung gegangen, und jetzt sind die Räume hergerichtet und harren des Besuchs.

Im Café der *Photographer's Gallery* in London sitzt — umgeben von Gordon Parks' Aufnahmen des gewöhnlichen schwarzen Elends und Alltags in den USA — ein dickes Mädchen mit seiner Freundin und zieht aus einer der fünfzehn Einkaufstüten fröhlich einen umfangreichen BH, hält ihn sich prüfend vor die Brust und wartet auf einen zustimmenden Kommentar.

Der spielerische Ernst von Ohrringen. Schmuck und Bedeutung. Sie sind der formvollendete erotische Verschluß des Geheimnisses, ein Siegel und gleichzeitig die Herausforderung, es zu brechen. Wenn der letzte Ohrring fällt, ist die Bastion genommen, die Frau wirklich entblößt. Ein Ohrring, der in einer wilden Umarmung verlorengeht, zwischen Kissen spurlos verschwindet oder unerreichbar weit unter den Kleiderschrank rollt, wechselt als Pfand und Beweis in fremden Besitz über. Sein Fehlen hinterläßt eine Lücke, durch die nicht selten ein kalter Zweifel hereinweht.

Wenn der Wind in den vollen Bäumen herumwühlt wie Iki in ihrem großen Lederbeutel, wenn er das Laub durchkämmt, die Blätter dreht und wendet und das Unterste zuoberst kehrt, ist etwas wie Hoffnungsrausch in der Luft: vielleicht findet er ja, wonach er so ungestüm sucht, den Schlüssel zum Paradies, vielleicht, und dann wird sich alles, alles ändern.

Der Bericht im *WDR* über Fetischisten. Zum Gummi Drängende, in Gummi sich Zwängende. "Mit Sex hat das eigentlich weniger zu tun", verkündet einer der Latex–Liebhaber, "es ist eher sowas wie die äußerste Formgebung." Es ist vor allem eine undurchlässige Schicht zwischen Individuum und Welt, versiegelte Haut, noli me tangere.

Die in Plastik eingeschweißten Lebensmittelportionen in den Supermärkten, nichts riecht mehr, und selbst die Schale um den Apfel ist ihnen noch zu wenig Schutz, also wird auch ihm ein Pariser übergestülpt, safer lunch, unberührbar und hygienisch.

Am Tag vor der Eröffnung der Buchmesse schrubbt und reibt und scheuert der Händler des Sortiments zur Lebensflucht

(*No Mind — The Flowers of Eternity*; *Heile deine Gedanken*; *Stirb, um zu leben*) seinen Stand in Halle 6, um seine delikaten Druckwerke nicht dem Dreck des Gewöhnlichen und Gemeinen auszusetzen. Schrubbt und wischt und wienert, vier, fünf Stunden lang, unermüdlich, Fleckchen für Fleckchen, ein Regal nach dem anderen, und dann alle fünfunddreißig noch einmal von vorn, mit Scheuerschwamm und Spülmittel und einer großen, beigefarbenen Kunststoffwanne, mit stündlich erneuertem Wasser und einem Paar rosa Gummihandschuhen. Sterilfreiheit für alle. 'Bei uns wird der Schmutz vernichtet.'

Autobahnrastplätze. Punkte zwischen den schnellen Sätzen der Geschwindigkeit, Unterbrechungen: die Gegend vergeht nicht länger Sekunde für Sekunde, sie ist angehalten worden und steht still. Die Zeit sammelt sich hier am Rand der Strecke an wie die Butterbrotpapiere und die Coladosen und die Bananenschalen um die Abfallkörbe. Auch die Zeit von Vorgestern ist darunter, und es ist wie früher, als man auf dem Schulausflug war und die Schale von den hartgekochten Eiern gepellt und hungrig in sein belegtes Brötchen gebissen hat. Rastplätze auf der Autobahn liegen nicht nur neben der Fahrt, sie befinden sich auch im Seitenaus der Gegenwart.

Feixend tänzelt Taj Mahal auf die Bühne des *Mousonturms*, schlenkert seine lose aufgehängten Knochen einmal gut durch, greift zur Gitarre und läßt die Worte seiner Blues–Balladen ins

Mikrophon kullern wie einen Sack voller Murmeln. Er stampft mit den Füßen und schlurft über den Boden und schüttelt den Kopf, lachend, schneidet närrische Gesichter, er markiert den Clown und mokiert sich über das Schicksal, das furchtbare, boo–hoo–hoo–hooo, und ach, all die Probleme, er witzelt an der Gitarre und läßt seinem Spott an den Klaviertasten freien Lauf, Taj Mahal, gutgelaunt und gefährlich wie einer, der nichts mehr ernst nehmen kann, und die letzte Zugabe singt er, als hätte seine Seele ihren Sitz direkt in seiner Kehle.

Seltsame Dinge gehen bei *Foyles*, dem großen Londoner Buchladen in der Charing Cross Road, vor. Bücher, die sich, wenn man sie aus den Regalen fischt, an einer bestimmten Stelle aufschlagen, weil jemand einen Kassenzettel oder eine abgerissene Eintrittskarte dort hinterlegt hat. Und wenn man wiederkommt, ein paar Tage später, und diese mit Zeichen versehenen Bücher erneut neugierig in die Hand nimmt, stellt man fest, daß die Markierungen inzwischen um etliche Seiten weitergerückt sind. Man schaut sich um, und da stehen überall Leute und lesen, und während man die Stockwerke hinauf– und hinuntersteigt und durch die Gänge wandert und die Abteilungen durchstreift, entdeckt man mehr und mehr dieser Lesenden, und einer von ihnen hat gerade seinen Blick von den Sätzen abgerissen und wühlt mit der rechten Hand in seiner Jackentasche, bis er sie mit einem zusammengeknüllten Bonbonpapier wieder herauszieht. Das streicht er glatt, legt es zwischen die Kapitel, schiebt das Buch mit einem Seufzer zurück in die Lücke an der Wand, und die Reihe ist wieder geschlossen. Der Mann verläßt das Geschäft.

Im *Observer* war vor ein paar Jahren, kurz nachdem die Thatcher–Regierung die Poll–Tax durchgedrückt hatte, einer der traurigsten Briefe abgedruckt, die ich je gelesen habe. Klaglos und entsetzlich abgefunden rechnete einer der Betroffenen dem Herausgeber der Zeitung vor, was ihm und seiner Frau nach Abgabe dieser neuerlichen Steuer noch zum Leben blieb. Alle Kosten einfach und säuberlich aufgelistet. Strom, Wasser, Nahrungsmittel, alle zwei Monate für einen von beiden ein neues Kleidungsstück, Wegstrecken unter sieben Kilometer zu Fuß, um das Fahrgeld zu sparen. Es reichte gerade so zum billigsten aller möglichen Leben. Für Bücher reichte es nicht.

Im Geruch von Muskatnuß liegt etwas von festgestampftem Kellerboden, etwas Stockiges, das an ungeleerte Papierkörbe mit unbezahlten Rechnungen erinnert, an Dinge, die seit Jahren auf der Fensterbank verstauben, an ungelüftete Tanzsäle mit schweren Vorhängen, die bis aufs Parkett reichen, und an Enttäuschungen, die so lange her sind, daß sie zu keiner Bitterkeit mehr Anlaß geben.

Bewegung nimmt den Dingen die Schärfe ihrer Aussage. Sie hören auf, eindeutig zu sein, stehen nicht länger steif und stur wie strikte Definitionen am Rand der Straße, sie ändern, wenn sie sich bewegen, ihre Betonung: und die feste Behauptung wird in einen Regenbogen von Ansichten gebrochen.

Im Herbst füllen sich die Friedhöfe. Witwer, einzeln und klamm, alte Freundinnen in Schwarz, Familien mit Kindern, die der Eichhörnchen wegen mitgekommen sind. Kleine Gruppen schweigsamer Spaziergänger schreiten die breiten geteerten Alleen oder die schmalen Kieswege entlang, stellen den obligatorischen Topf Erika vor das Holzkreuz, zünden das Teelicht in dem roten Plastikbecher an oder starren einfach auf das Stückchen Erde vor ihren Füßen. Der Friedhofsbesuch im November ist so üblich wie der Kranz zum Advent, memento mori, aber diese Gedanken an die Vergänglichkeit bleiben im ausbruchssicheren Rahmen des alljährlichen Rituals und gefährden weder Geist noch Gesundheit. Die Gräber liegen wie Briefbeschwerer auf dem Stoß Seufzer und halten ihn nieder, damit er nicht durcheinanderwirbelt und das Innenleben in Unordnung bringt.

Das hohe, hysterische Kreischen eines Saxophons irgendwo in den unterirdischen Gängen der Londoner U–Bahn, heisere Hilferufe aus dem Nichts. Die Töne kratzen hektische Zeichen in die Tunnelwände, Wegweiser zum Ort der Katastrophe. Aber die Wahl, dem dringlichen Ruf zu folgen oder auszuweichen, gibt es nicht, die hörbare Spur der Fingernägel ist über jede Mauer gezogen, die Zeichen sind überall und machen keinen Sinn und führen in die Irre.

Wenn das Leben festsitzt wie die Nadel in der Schallplattenrille und sich der ewiggleiche Tag wieder und wieder durch die

Hirnwindungen schlängelt, ist es höchste Zeit zu verreisen. Dorthin, wo die Andersartigkeit der Luft, der Farben, der Gerüche, der Gebäude und Bewegungen das Blut mit fremden Zutaten würzt. Wo ein fremder Geschmack auf der Zunge die Worte im Mund ändert. Das Ungewohnte der Umgebung rührt helle Überraschung in den Blick, und irritierende Geräusche träufeln exotische Ingredienzen ins Ohr, die im Bewußtsein Schichten verschieben wie Erdformationen. Man kommt von einer Reise wieder und wähnt, man sei dahintergekommen.

'Dem Wahren, Schönen, Guten'. Dieser Inschrift der *Alten Oper* in Frankfurt verpaßt die Volksweisheit mit ihrem "zu schön, um wahr zu sein" ebenso wie Shaws Umkehrung "too true to be good" einen derben Tritt ans Schienbein. Die Dreieinigkeit des Positiven wird bis zum Spagat des Widerspruchs auseinandergezerrt: und plötzlich schließt sich aus, was bisher beinahe ein und dasselbe war. Schönheit wird zum Schein deklariert, und der trügt — die Fratze der Häßlichkeit hinter dieser Maske: das ist das wahre Gesicht. Schönheit ist Oberfläche, geht nicht tief genug, erst ein Messer schneidet ins Fleisch und schmerzt. Und dieser Schmerz ist es, der für Wahrheit gehalten wird, nicht die heile Haut. Als 'authentische' Photos gelten immer die, die vom Elend handeln, von reißender Gewalt und von den Grauen des Krieges. Bilder, den Blicken zum Fraß, die wie Schmeißfliegen um die schwärenden Wunden tanzen. Bilder, auf denen ein Granatsplitter die Gedärme aus dem Bauch eines Kindes gewühlt hat, Bilder, auf denen Hochwasser die brüllende Angst aus den

Augen eines angeketteten Elephanten drückt, Bilder, auf denen sich Knochen stapeln und daneben Brillen, und auf einem dritten Haufen türmt sich abgeschnittenes Haar. Bilder, die im Herzen stecken wie ein Holzsplitter unterm Fingernagel, das Gefühl entzündet sich, und man fiebert und glaubt, jetzt sei man dem Leben zu Leibe gerückt.

Die gutgemeinten Gesten, mit denen einem die Zeitgenossen der netteren Kategorie hin und wieder vor den Nerven herumfuchteln wie tölpelhafte Nachwuchsstierkämpfer mit der Muleta. Da schlendert man irgendwann gemächlich irgendeinen Flur in irgendeinem Gebäude so vor sich hin, im Kopf Robert Hunters Lied von der möglichen Schuld der Rosen, im Magen ein halbverdautes Rotbarschfilet, und dann wird in solch einem Moment ungetrübter Belanglosigkeit die Schwingtür am Ende des Gangs aufgestoßen, ganz am Ende, und nicht nur aufgestoßen, sondern anschließend auch aufgehalten. Da steht irgendein völlig Fremder, der sich aus irgendeinem Grund genötigt fühlt, ein wenig unverblümte Höflichkeit an dem nächstbesten Mitmenschen zu praktizieren, steht da und hält einem einfach die Tür auf und hält einen zur Eile an. Und man hetzt den Flur entlang, um diese liebreizende Aufmerksamkeit entsprechend zu honorieren, und »Arschloch« denkt man, atemlos bei ihm angelangt, »blödes«, während man ihm dankt, und mit einem gut plazierten Lächeln bringt er einen vollends zur Strecke.

Von einer schnellen Bewegung am Rand des Gesichtsfelds zum Aufschauen gebracht: und draußen stürzen, dicht vor dem Küchenfenster, fünf, sechs schwarze Vögel vorüber, als habe jemand eine Handvoll japanischer Zeichen quer über das bleiche Rechteck geworfen, flüchtige Handschrift, einen Augenblick lang sichtbar, und von der nächsten Sekunde fortgespült wie die Botschaften im Sand am Meer. Unmöglich, sie zu entziffern: die Tür stand nicht lange genug offen, um zu begreifen, was man gesehen hat.

Eine Brille liegt auf dem Schreibtisch. Die Bügel abgespreizt, die Gläser bedeutungsleer: ein Vorgang ist unterbrochen worden, nichts rührt sich mehr, und die Geräusche haben aufgehört. Niemandszeit zwischen zwei Augenblicken, Stillstand, der alle Urteile aufhebt und in dem die alten Vereinbarungen nichts gelten. Die Namen rollen sich von den Rändern her ein und fallen von den Dingen ab wie welke Blütenblätter, die Sinne treffen nicht länger zu. Man weiß um die schlurfenden Schritte im Zimmer darüber, aber man hört sie nicht.

Im Frühprogramm des *Hessischen Rundfunks* kriegt man, kaum daß man sich den letzten Rest Traum aus dem Kopf geschlagen hat, ein munteres Witzchen übergebraten: »Wenn Zitronen keine Haxen haben, hab' ich eben unseren Kanarienvogel ausgezuzzelt.« Dazu Geräusche, die bei allzuvielen als Musik durchgehen und klingen, als würde eine Häckselmaschine mit

Schrotkugeln gefüttert. Und als Lockerungsübung will der Moderator von einem Hörer den Namen des Giftes wissen, das zum Beispiel bei der Müllverbrennung entsteht. Die Umweltkatastrophe als Radioquiz, mitmachen lohnt sich. »Ei, isch tät emal sache, Dioxin.« Der Aufgeweckte kennt, was ihn kaputt macht, und gewinnt ein T-Shirt.

»Ich vermisse ihn so«, gesteht sie nach dem dritten Cappuccino ihrer Freundin, »ach, wenn du wüßtest, wie ich ihn vermisse. Das geht schon los, kaum daß er zur Tür raus ist. Ein Gefühl ist das, sag' ich dir«, und sie sagt es ihr mit leuchtenden Augen, »ein Gefühl, das macht einen fix und fertig. Als hätte ich einen Filzhut als Magen und Stroh im Hals, und mein Puls kann sich nicht entscheiden, ob er ein Rennpferd ist oder eine Gartenschnecke. Einmal Wahnsinn mit allem. Ich kann's kaum erwarten, bis Stefan jedesmal wieder weg ist. Weißt du, es ist einfach das Größte, jemanden so furchtbar zu vermissen.«

Eine Hecke hinter einem Gitterzaun: die Engstirnigkeit, die da zum Vorschein kommt, das Kleinliche und Klamme, und für jedes penibel sortierte Gefühl ein bestimmter Platz im Vorratsschrank. Beim Anblick dieser doppelten Absicherung verspannen sich die Schultern und man kriegt Nackenschmerzen. Das ist was für Leute, die ihre guten Porzellantassen in der Vitrine weggeschlossen haben, anstatt daraus zu trinken, aus Angst, das Geschirr könnte beim Benutzen Schaden nehmen.

Ein Zimmer, in dem nichts mehr ist, absolut nichts, außer einer Glühbirne, die sich am Ende einer elektrischen Leitung von der Decke krümmt und dieses Nichts mit maliziöser Genugtuung bis in die letzte Runzel des Raumes ausleuchtet. Komm nur und sieh. Kein Trick, kein doppelter Boden. Nur Wände, Leere und Licht, nackte Tatsachen und kein Geheimnis. Und nicht die geringste Chance eines Versteckes, das einem die Hoffnung ließe, dort doch noch etwas zu finden. Was immer es ist.

Er sieht sie am Fenster sitzen, in dem alten Sessel unter der noch älteren Stehlampe, sieht sie, die Nase spitz vor Konzentration, über ihre Stickerei gebeugt da sitzen, und ihm wird weich vor Rührung, und er lächelt über die Belanglosigkeit ihres Zeitvertreibs und wie selbstgenügsam sie darin aufgeht. Arglosigkeit und Idylle, er fühlt sich sicher und weiß, es kann ihm nichts passieren. Er nimmt sich ein Buch und setzt sich hinter seinen Schreibtisch und beginnt, die Reportagen zu lesen, die von Krieg und Terror handeln, von der Polizeiwillkür in Los Angeles und der Weißen Bruderschaft in Rußland, deren Führer die Mitglieder zum kollektiven Selbstmord aufrufen. Von argentinischen Gefängnissen liest er, von Folter, und wie ein türkischer Offizier ein kurdisches Kind an den Füßen packt und es vor den Augen der Eltern mit dem Kopf nach unten wieder und wieder gegen die Wand schlägt, und er muß aufhören zu lesen. Er schaut auf und sieht sie am Fenster sitzen, in dem alten Sessel unter der noch älteren Stehlampe, immer noch in stiller Konzentration über ihre Stickerei gebeugt, und die Hingabe, mit der sie sich dieser unnützen Beschäftigung widmet, erscheint ihm obszön und treibt ihm die Wut in die Kehle. Er muß sich beherrschen, nicht das Buch nach ihr zu schleudern.

Dinge, von denen man sich nicht trennen kann. Nicht, weil die Dinge selbst von so großer Überzeugungskraft sind, daß man sie um keinen Preis missen möchte, sondern weil an dem im Gegenteil eher häßlichen Aschenbecher ein mit Lachen und Leichtsinn gefüllter Abend in einem Dubliner Pub hängt. Und an der verbeulten Teekanne ein Montagvormittag auf dem Flohmarkt in Covent Garden. Und an der inzwischen mottenzerfressenen Wolljacke ein unbeschwerter Bummel durch das Baskenviertel von San Sebastián. Die abergläubische Furcht, zusammen mit dem alten Plunder auch die Erinnerungen wegzuwerfen, und dann lägen Augenblicke, Stunden und Tage aus der Vergangenheit auf dem Müll, diese Furcht bringt die Schubladen und Regale zum Überlaufen. Man hebt auf und hortet und sammelt, und der Trödel wächst einem über den Kopf. *Kramladen des Glücks* heißt ein Buch von Franz Hessel.

Junggesellen in Kneipen, alleinstehende Künstler und Männer ohne Familien, die selbst im überheizten Lokal den Schal nicht ablegen, kalt bis in die Fingerspitzen, die sie am Weinglas zu wärmen suchen. Das Lächeln der Kellnerinnen, die sich ihrem Tisch nähern, seit Jahren demselben, wird eine Spur vertraulicher. Sie kennen sich längst beim Vornamen, die Bedienung und der Gast, und wissen Kleinigkeiten voneinander, zu Herzen gehende Gewohnheiten, verschlissen, lieb und teuer wie Stofftiere aus der Kindheit, die auf ungetümen Sesseln liegen oder in Sofaecken fast verschwinden. Und wenn nach dem allabendlichen Essen die Zeit kommt zu gehen, bestellen sie das vierte Glas Wein und das fünfte und schieben den Aufbruch Glas um Glas hinaus, den Weg nach Hause, denn genau das tun sie eben nicht, nach Hause gehen, sie gehen von zu Hause weg, dorthin, wo niemand auf sie wartet und sie weckt am nächsten Morgen.

Immer mehr Filme handeln von Obsessionen, von Verletzungen der Moral und des guten Geschmacks, von Gier und Perversion. Immer mehr Bücher brüsten sich mit den wüsten Phantasien ihrer Protagonisten, mit Bestien, die ihre gestörte Psyche hemmungslos aufreißen bis sie auseinanderklafft wie ein tödlich tiefer Messerschnitt. Immer mehr Kriminalromane bersten vor Greueltaten, deren detailbesessene Schilderungen einem durchs Hirn fahren wie dreckverkrustete Fingernägel. Und immer mehr Menschen — wie verzweifelt, krass und gewalttätig sie auch auf das Leben dringen mögen — haben das Gefühl, nicht wirklich am Leben zu sein.

Glücklichsein macht unsozial. Wer glücklich ist, braucht niemanden, er ist unabhängig und den anderen, die es nicht ertragen können, unerheblich oder gar überflüssig zu sein, ein Dorn im tränenreichen Auge. Wer hingegen unglücklich ist, sucht die Gesellschaft der anderen und wird von ihnen mit offenen Armen empfangen, denn er verschafft ihnen, da er etwas braucht, was sie ihm geben können, das Gefühl, wichtig zu sein, und daß es ohne sie nicht geht.

“No need to return”, singt Steve Young, “I’ve closed my heart’s door.” Seine Stimme breitet die Schwingen aus und erhebt sich in die Luft. Groß und ruhig streicht sie über das Land, voller Tragweite, und ein Schatten gleitet über die Seele.

Eine bestimmte Stelle auf der Querallee umgehen die Fußgänger in großzügigem Bogen. Wenn sie in die Nähe der Rotbuche kommen, wechseln sie auf die andere Straßenseite, als zwänge sie ein Hindernis, eine Baustelle etwa, oder ein Haufen Sperrmüll, zur Kursänderung. Ein begnadeter Säufer im Lodenmantel, an seiner bunten Kappe ein Tannenzweig, von dem silberne Lamettafäden hängen, hockt dort unter der Buche auf einem Mäuerchen und hält mit scharfen Ausdünstungen und nicht minder bestialischen Worten den Halbkreis um sich herum von Passanten frei. Ab und zu bellt er zu ihnen hinüber und lacht kreischend, wenn sie vor Schreck einen Satz machen. »Nie die Zeitung abbestellen!«, schreit er eine ausgesucht elegante Dame an, die daraufhin umso eiliger weiterstöckelt, »das ist der Anfang vom Ende!« Er nimmt einen guten Schluck aus der Flasche. »Was geb’ ich mir Mühe mit denen«, brummt er, »sind doch alles Analphabeten.«

Die kleinen weißen Blüten überall im Grün der Hecken, wie Versäumnisse oder Vergessen, blanke Flecken in der Erinnerung. Dinge, die einem entfallen sind und jetzt fehlen, Gedächtnislücken. Oder die Stunde, früh, wenn der Schlaf plötzlich und einfach aufgehört hat, gegen Morgen, die Dunkelheit löst sich von der Nacht und nichts tritt an ihre Stelle, bleiche Stunde, wie durchschimmerndes Gebein. Stunde, in der Freunde sterben. Und weiß vor Ohnmacht ballen die Hecken ihre Blüten wie winzige Fäuste.

Christy Moore in der *Alten Oper*. Daß diese krötenhaften, kleinen, dicken Iren (zu denen Van Morrison ebenso gehört wie Ron Kavana) über so gewaltige Stimmen gebieten! Ganz in Schwarz, am Hemd vier rote Knöpfe, stellt sich Moore, "your wife says: Oh not Christy Moore", ans Mikrophon, greift zur Gitarre und geht den Abend an wie einer, der sich die Welt genau angesehen hat und zu dem Schluß gekommen ist, daß für ihn der direkte Weg der beste ist. Er singt von Fischern, Träumern und Narren, von Kit Conway singt er, der in der Quinta Brigada gegen Franco kämpfte, und von den Freitagnachmittagen in Lisdoonvarna, wo ein Holländer Mandoline spielt und Bono sich für die *Sunday World* photographieren läßt. Von der Hungersnot des Jahres 1847 singt er, von Flügeln im Regen und von Chicago, wenn mit den Abendschatten auch das Heimweh nach den Hügeln von Donegal ins Herz fällt. Lied um Lied singt Christy Moore, und er singt diese Lieder wie etwas, das schon immer dagewesen ist, und jetzt holt seine Stimme es ans Licht, ein Lied nach dem anderen wird sichtbar, Megalithe, die aus dem Nebel der Vergangenheit auftauchen und fortdauern.

An den kalten Wintermorgen, wenn die Autofahrer den eisigen Temperaturen zum Trotz mit einer herrischen Schlüsseldrehung auf dem Anspringen der Motoren bestehen, bricht ein erbärmliches Röcheln und Knattern los, es stottert und hustet und rasselt vor den Fenstern, und die Straße klingt wie der Speisesaal eines Altersheims.

Zwei leere Milchflaschen, die vor einer Haustür stehen. Dieser unvermutete, anachronistische Anblick nimmt der Gegenwart den Wahrheitsanspruch, schraubt sie auf die Größe einer Behauptung herunter, gegen die sich andere Argumente ins Feld führen lassen. Erinnerungen, Utopien, Bücherseiten. Man muß sich nicht mit der Zeit abfinden, in die man zufällig geraten ist. Zwei leere Milchflaschen, und der Tag hat plötzlich einen schwarzen Rand wie die Todesanzeigen in der Zeitung.

Die Bleistift–Zeichnungen von Georges Seurat erfordern ein gutes Stück Abstand. Aus der Nähe betrachtet, sind sie nichts als unregelmäßige Schwärzen, die Dunkelheit an einer Stelle streng gerafft, an anderer fällt sie zu nachsichtigem Grau auseinander, Kratzer, kreuz und quer, und scharfe Schraffuren, dazwischen ölige Schlieren: als sei einer bei dem Versuch, ein verdrecktes Fenster mit einem Lappen zu säubern, kläglich gescheitert und hätte alles nur noch mehr verschmiert. Doch sobald man beginnt, sich von den Bildern zu entfernen, schälen sich die Details heraus, eine Uferböschung nimmt Gestalt an, aus einem diffusen Staubschleier dreht sich ein Reiter, flüchtige Striche setzen sich zu einer Balustrade zusammen, und in einer Schattenlache begreift man ein melancholisch geneigtes Gesicht.

Wenn man abends nach Hause geht und geht an den Häuserfronten mit ihren reiheweise erleuchteten Fenstern vorüber, Fenster neben Fenster, eine Reihe über der anderen, Fenster voller Licht, dick und gelb und wie Sirup, und immer ist etwas ein wenig Anderes darin eingeschlossen, konserviert für den späteren Genuß, wie gutgefüllte Regale im Keller, auf denen die Gläser mit den eingemachten Früchten darauf warten, einen gut über den Winter zu bringen.

Sie amüsieren sich prächtig auf der Eröffnungsfeier des neuen *Café Cardamom*, wo auch die Raucher noch dürfen. Als sich einer von ihnen mit den Worten »wer raucht, kriegt kein Alzheimer« Feuer geben läßt, flüstert Nadja ihrem Freund zu: »Klar, weil sie tot sind, bevor sie in das Alter kommen, in dem sie Alzheimer kriegen können.« Holger lacht. »Der ist gut«, sagt er, und dann, für alle Umstehenden, mit dröhnender Stimme: »Klar, du, weil du tot bist, bis du alt genug bist, Alzheimer zu kriegen!« Im anschließenden Gelächter zischt Nadja ihrem

Holger zu: »Das war mein Witz!« — »Hättste lauter erzählen sollen«, entgegnet er, »so hat ihn ja keiner gehört.« — »Ich will aber nicht, daß du meine Witze erzählst, als hättest du sie gemacht«, sagt Nadja erbost. Von hinten schlägt Gottfried Holger kameradschaftlich auf die Schulter: »Nicht schlecht, der Witz, was? Hast also auch den Artikel in der Wochenendbeilage der *FAZ* gelesen.«

Ein Badezimmerspiegel serviert einem die schlechten Nachrichten auf dem Silbertablett. Ein Blick genügt. Schon wieder um dreizehn graue Haare älter geworden. Die Teigtaschen unter den Karnickelaugen am Morgen danach bezeugen die simple Tatsache, daß vier doppelte Whisky nur was für Leute sind, die vier doppelte Whisky vertragen können. Die Zahnpastaspuren und Spritzer auf dem geschliffenen Glas räumen mit der Illusion auf, die nonchalante Nachlässigkeit der Mitbewohner jemals auf ein etwas erträglicheres Maß herunterdrehen zu können. Und in den billigeren Melodramen sind es die Spiegel über den Waschbecken, auf denen sich die Heldinnen mit blutrotem Lippenstift aus dem Leben oder zumindest aus dem gemeinsamen Apartment verabschieden.

Die irischen Friedhöfe am Meer. Ein dichtes, unruhiges Getuschel aus Grabsteinen und Kreuzen zwischen der Gleichmütigkeit des Landes und der Gelassenheit der See. Eine letzte Auflehnung an der Schwelle, hinter der das stete Atmen der

Ewigkeit liegt. Dauer, Ruhe und Raum. An solchen Orten wird der Trauer die Dramatik genommen, sie wird einfach und groß und ist für einen da, etwas, auf das man sich verlassen und zu dem man immer wieder zurückkommen kann. Ein Besuch bei den Toten am Meer und die Blicke, die wie leere Boote weit draussen auf dem Wasser treiben.

Fassbinder, als er Anfang der Siebziger am *Schauspielhaus Bochum* als Regisseur arbeitete, griff nicht nur mit hämischem Händereiben immer wieder selbst außerhalb der Bühne inszenierend in andrer Leute Leben ein, sondern auch ungeniert in die Postfächer derjenigen, die er als seine Widersacher erachtete, und machte sich mit zitternden Bartstoppeln über ihre höchst private Korrespondenz her. Doch bei einer heimlichen Inspektion ließ er es keineswegs bewenden. Fassbinder hatte Drastischeres im Sinn. Und wußte, wie man es anrichtete. In der gutbesuchten Theaterkantine holte er eines Abends einen von ihm konfiszierten Brief hervor, den an einen Schauspieler des Ensembles gerichteten Liebesbrief von dessen Frau, und las ihn in Anwesenheit der beiden Betroffenen, Ergriffenheit demonstrierend, bis zum herzergreifenden Ende vor. Mit einem Seufzen gab Fassbinder dem Schauspieler seinen Brief. »Ich beneide dich, mein Lieber«, sagte er, ließ Sehnsucht durchblicken, Schmerz und Schulterzucken, »ich beneide dich wirklich. Mir hat noch keiner einen so wunderbaren Liebesbrief geschrieben.« Woraufhin die Verfasserin der glühenden Zeilen nach einem schnellen Seitenblick auf ihren Mann dem Regisseur eilfertig ihre Dienste anbot: »Soll ich dir einen schreiben?«

Von den Samstagnachmittagen der Kindheit zieht ein Geruch nach Bohnerwachs und frischgebackenem Blechkuchen herüber. Diese bewegungslosen Nachmittage, wenn die Spülbecken sauber, die Handtücher frisch, die gelben Blätter aus den Topfpflanzen entfernt und die Zimmer so aufgeräumt waren, daß man leiser wurde und sich kaum noch von der Stelle rührte. Und alles, was zu tun blieb, war Warten. Warten, daß das Telephon klingelte, warten, daß sich überraschend Besuch ankündigte, warten, daß die Schritte im Treppenhaus vor der Wohnungstür haltmachten. Warten, daß etwas, irgend etwas passieren würde, etwas, das unvorhersehbar war und den Lauf der Dinge änderte. Aber schon während man wartete, wußte man, nichts würde geschehen, es war nur wieder ein Samstag mehr, und am Abend dann waren die Stunden schal geworden, als hätten sie zu lange im Glas gestanden, und es wurde einem leer ums Herz.

Hinter einer der Wohnungstüren des 4. Stocks hört sich jemand eine Symphonie von Mendelssohn–Bartholdy an, und die bombastische Gefühlsaufwallung, die schäumende Theatralik dieser Musik klingt immer, als würde irgendwo das Badewasser überlaufen.

»Wann willst du denn das alles hören?« fragt sie fassungslos, als sie vor den Hunderten und Aberhunderten seiner Schallplatten steht. »Später«, sagt er. Die Regale auf dem Dachboden biegen sich unter dem Gewicht seiner Bücher, die er später einmal lesen wird, und unten im Keller stapelt sich der Wein, den er sich für später zugelegt hat. Er nimmt an Erfahrung mit, was er kriegen kann; nicht um der Erfahrung willen, sondern aus Angst, er könne irgendwann später einmal bereuen, diese Erfahrung nicht gemacht zu haben. »Ich will mir hinterher nicht vorwerfen müssen, ich hätte was versäumt«, erklärt er einem Freund, der ihn nach einer besonders stürmischen Eskapade mit paar Gläsern *Cragganmore* wieder halbwegs auf Vordermann bringt. Seine Tochter hat er schon vor Jahren eindringlich ins Gebet genommen: »Vergegenwärtigung. Dieser Augenblick, zum Beispiel. Ich will, daß du dir alles merkst, die Farbe der Vorhänge, die Geräusche aus der Küche, das Licht, die Bilder an den Wänden, jedes Detail. Du mußt einfach alles in dich aufnehmen, dann kannst du dich später an alles erinnern.«

»Das einzige, an das ich mich heute noch erinnere«, sagt seine Tochter und kippt den Kaffeesatz ins Klo, »ist seine Stimme, die Nachdrücklichkeit, mit der er mir nahegelegt hat, was ich mir alles merken soll.«

"Du mußt dein Leben ändern", endet eins von Rilkes Gedichten; aber das einzige, was die Leute ändern, ist die Farbe des Lidschattens oder ihren Musikgeschmack. Statt ihrer Gewohnheiten wechseln sie die Weinsorte, die Automarke, die Frau, den Duschvorhang. Und denken, damit hätten sie es geschafft. Und wundern sich, daß sie nach wie vor Magenschmerzen haben, und daß ihre Alpträume nicht aufhören.

An manchen Tagen schafft man es nicht, gründlich genug aufzuwachen. Der Schlaf hört zwar auf, aber der Traum geht weiter, und das Leben läßt sich nicht mehr so ohne weiteres auf den Punkt bringen. Man mißtraut den Oberflächen, wer weiß, was für eine Welt sich darunter verbirgt, und je länger man die Dinge betrachtet, desto öfter ändern sie ihre Bedeutung. Die

Stadt hat über Nacht Schnee angesetzt, verdorbene Ware, deren Verfallsdatum längst überschritten ist, und die Krähen vor dem Fenster stammen aus einem Kapitel, in dem die Dome größere Schatten werfen: ihre ausgebreiteten Flügel verfangen sich qualvoll im ausgeklügelten Geäst der Platanen. Und hinter den Tapeten verstummen allmählich die Gespräche.

Der Geschmack von Erdbeermarmelade gibt keinen Millimeter nach, stur und stupide beharrt er auf seiner ordinären Süße. Geschmack, der mit Kindheit und Frühstück in der Familie zu tun hat, mit der Angst der Eltern vor dem, was die Nachbarn sagen könnten, mit sparsam auf die Brote gestrichener Margarine, ordentlich eingeräumten Wäschefächern, Taschengeld, Verboten und Schuhen, die jeden Samstag geputzt werden mußten. Und mit einer Moral, die alles, was den Kleinbürgerfrieden gefährdete, mit einem rigorosen 'Das Tut Man Nicht' diskussionslos der Wohnung verwies. Jedenfalls 'solange du deine Beine unter meinen Tisch streckst', den Tisch, auf dem dick und fett die Erdbeermarmelade thronte. Und natürlich ist es diese gewöhnlichste aller Konfitüren, die in Jugendherbergen, Hotels und Krankenhäusern am üppigsten zum Einsatz kommt. Reminiszenz an den Knebel im Hirn, der die Leute am Denken hindert.

Die Uhren überall in der Wohnung: als würde die Zeit sich wie ein Gestirn in Pfützen und kleinen Teichen spiegeln.

Nicht so sehr die Wahl der Worte, als vielmehr die Wahl der Personen. Wem man was sagt. Das Gefühl, sich zum Narren gemacht, oder schlimmer, einen Verrat begangen zu haben, wenn es die Falschen waren, mit denen man die Worte geteilt hat. Man weiß es nach dem ersten Satz, man sieht es im Gesicht des Zuhörers, sieht die Unruhe dort und das Unverständnis und weiß, es wäre besser, aufzuhören, sofort, man sollte still werden und abdrehen. Aber zu so viel weiser Bescheidung ist man nicht bereit, es muß doch, denkt man mit ungebrochener Arroganz, verdammt nochmal, möglich sein, dem Kerl da klarzumachen, was genau man meint, es klarzumachen jenseits aller Mißverständnisse und Ungereimtheiten, das muß doch möglich sein. Und man redet, und je länger man redet, desto mehr breiten sich Unruhe und Unverständnis auf seinem Gesicht aus wie Tintenkleckse auf einem Löschblatt, bis seine Miene ein einziger Fleck Unbegreifen ist und einem nichts weiter bleibt, als einzusehen, es ist doch nicht möglich. Und man fühlt sich bloßgestellt, beschämt und lächerlich und so, als hätte man einen Rollstuhlfahrer zum Jitterbug aufgefordert.

Solche Bücher, die man öffnet wie eine Tür, und man kann den Raum und die Stunde verlassen. Geheime Ausgänge hinter den Bücherrücken auf den Regalen. Solche Bücher, in die man eindringt, und dann ist man in das Hirn eines anderen eingedrungen, wo fremde Gedanken wuchern und sich wie Schlingpflanzen um die eigenen ranken und sie ersticken. Fremde Überlegungen suchen einen heim, und hinter den Augäpfeln schlüpft fremdes Leben aus wie ein räuberisches Insekt und frißt sich durchs Fleisch. Keine Empfindung bleibt, kein Gedächtnis. Da sitzt ein Fremder und liest. Und als er irgendwann den Blick von den Zeilen hebt und sich umsieht, breitet sich wie mildes Entsetzen in ihm das Gefühl aus, das Zimmer, in dem er sich befindet, von irgendwoher zu kennen.

Er hat eine Stinklaune, das sieht sie gleich, als er die Kneipe betritt, und das erste, was er tut, als er sich zu Petra an den Tisch setzt, ist, mit der Faust draufzuschlagen. Sie versteht. Er hat heute nicht die Absicht, sich zu amüsieren. Er winkt den Kellner heran, bellt: »Rioja!«, und erst, nachdem der sich mit gerunzelter Stirn wieder entfernt hat, fragt Stefan: »Oder wolltest du auch was?« — »Ich hab schon bestellt«, sagt Petra. Er studiert angelegentlich einen der Bierdeckel. »So«, sagt er, »ah ja.« — »Du bist immerhin eine halbe Stunde zu spät.« Er schnippt den Deckel über den Tisch. »Wie meine Mutter«, grinst er böse, »Beschwerden über Beschwerden.« Der Kellner kommt und stellt ein Glas Pinot Grigio auf den Tisch. »Was ist das?«, verlangt Stefan zu wissen. »Pinot Grigio«, sagt der Kellner. »Hab ich Pinot Grigio bestellt?« — »Für die Dame«, sagt der Kellner und geht. »He!«, schreit Stefan, »und mein Rioja?« Petra glaubt, es sei an der Zeit, ein wenig Besänftigung in die Runde zu streuen. »Stefan.« sagt sie. Falscher Schachzug. »Du halt dich raus!«, fährt er sie an und reißt zur Bekräftigung einen Bierdeckel durch. Sie sagt nichts. Der Pinot Grigio steht unberührt vor ihr. Er rupft den halbierten Bierdeckel in immer kleinere Teile.

Schiebt sie auf einen Haufen zusammen. Hebt eine Handvoll davon auf und läßt sie auf den Tisch schneien. »Ihr Rioja«, sagt der Kellner und stellt das Glas mit ausdruckslosem Gesicht zwischen die Schnipsel. »Ach, auf einmal?«, höhnt Stefan. »Jetzt können Sie ihn grad selbst saufen.« — »Entschuldigen Sie, bitte«, schaltet Petra sich ein, »er meint es nicht so. Er hatte heute einen furchtbaren Tag.« — »Wie kommst du dazu«, brüllt Stefan und springt auf, daß die Gläser fallen und die Bierdeckelfetzen stieben, »dich für mich zu entschuldigen! Ich dachte, wir wären Freunde!« Und stürmt von dannen. Und Petra, anstatt über die gesammelten Flegeleien des Herrn S. in gerechten Zorn auszubrechen, knallt dem Kellner einen vernichtenden Blick ans Schienbein und eilt Stefan hinterher.

Leute, die unterwegs essen, im Laufen: das ist so ungewöhnlich nicht und trotzdem ein befremdlicher Anblick. Das hat etwas von in sich geschlossenen Systemen, von mechanischem Spielzeug, dieser schnelle Biß ins Brötchen zwischen zwei Schritten, als hinge das eine unbedingt mit dem anderen zusammen, als sei das Füße–voreinander–Setzen das direkte Resultat des Nahrung–in–den–Mund–Stopfens, und als blieben die Leute sonst liegen wie Blechfrösche, denen man vergessen hat, den Schlüssel im Rücken umzudrehen.

Ärmel, Pulloverärmel, die zu lang sind und über die Handgelenke fallen und sie den Blicken verbergen, und auch die Hände sind ganz verschwunden. Nur die Fingerspitzen schauen hervor. Und meistens Mädchen sind es oder Frauen, die sich so in ihre Kleidungsstücke verkriechen, Schutz suchend unter die Stoffe flüchten wie Gebrechliche unter die Bettdecken. Spiel mit der Anfälligkeit treiben. Tändelei und Zögern und nichts, das festgelegt wäre. Zustand morgens, Pläne zwischen den zerwühlten Laken, unklare Pläne, der Tag vor einem, und noch tausendmal kann sich alles ändern.

Das Gefühl für Dauer ist verlorengegangen, die Einsicht, daß gute Dinge Weile haben wollen. Früher ließen die Minister Ludwigs XIV. ganze Wälder anlegen, damit 80 und mehr Jahre später das Holz für den Bau einer französischen Flotte bereitstünde, Planung auf lange Sicht, da lag noch Welt vor den Leuten und Zeit, und der Blick reichte über das eigene Leben und die nächsten ein, zwei Generationen hinaus. Heute, wo sie längst nicht mehr mit der Zukunft sondern bloß noch mit dem Schlimmsten rechnen, ist Warten nicht drin, weder auf das Heranreifen der einheimischen Trauben noch auf *The Man I Love*. Es hat auf der Stelle zu geschehen, sofern es überhaupt geschehen soll, 'instant joy', aufbrühen und genießen, und »ich muß dich warnen«, sagt Fred vor dem Fernseher zu seiner neuen Bekannten und drückt die Fernbedienung rauf und runter, »auf eine grössere Geschichte laß ich mich erst gar nicht ein. Genausowenig, wie ich mir was kaufe, wo ich die Langlebigkeit mitbezahlen müßte. Lohnt sich nicht. Ich mein', wo es doch jeden Augenblick zu Ende sein kann.«

Die Klos von Paris. Zum Beispiel das im *Le Celtique*, wo der Espresso elf Francs kostet und man für die Gelegenheit, ihn hinterher wieder loszuwerden, nochmal zwei Francs einwerfen muß. Dafür kriegt man allerdings auch was geboten, riesige rote Klatschmohnblüten auf schwarzen Kacheln, 50 sec lang, dann geht das Licht aus, und man sitzt im Dunkeln; in der Kürze, heißt es, liegt die Würze. Oder das im *Le Buci*, wo sich jemand im Kaffeerausch (der doppelte zu 20 Francs) kühn genug fühlte, einen Blick zu riskieren: aber inzwischen ist das Guckloch in der Tür zur Damentoilette wieder mit fliederfarbenem Klopapier fest zugestopft. Im *Café Noir* in der Rue de Montmartre kriegt man für die 20 Francs zu seinem Kaffee auch noch ein Glas Rotwein; hier empfiehlt es sich jedoch, vor dem Betreten des WC eventuelle Schulterpolster abzuschnallen, andernfalls besteht die nicht unerhebliche Gefahr, sich in dem engen, knallrot gestrichenen Schlauch zu verkeilen, auch Wendemanöver gestalten sich ausgesprochen schwierig und erfordern genaue strategische Überlegungen. Im *Relais Odeon* schließlich werden die 9,80 Francs pro kleinem Schwarzen nach spätestens drei, vier Minuten kassiert, der Weg zum Stillen Örtchen ist mit riesigen Spiegeln gepflastert, was einem erlaubt, den Vorher–Nachher–Effekt in aller Ausführlichkeit zu studieren, rosa Kacheln, rosa Fliesen, indirekte Beleuchtung, rundum gepflegte Atmosphäre, und trotzdem ist der Aufenthalt der Gäste dort von erstaunlich geringer Dauer: 'La toilette ne marche pas.'

Man geht nachts in der Wohnung von einem erleuchteten Zimmer durch den dunklen Flur hinüber in das andere erleuchtete Zimmer, und dieses Stück Weg ist wie draußen auf der Straße das Durchschreiten der Dunkelheit zwischen zwei Laternen.

Im *Aufschwung* hat sich weder an dem hysterisch–schrillen Aufkreischen diverser Weiber (bedauerlicherweise), noch an der Qualität der Bratkartoffeln (zum Glück) viel geändert, nur Van Morrisons Stimme kommt nicht mehr ganz so oft wie früher zum Zug. Aber man hört nach wie vor so hübsche Geschichten wie die von dem kaffeesüchtigen Teilnehmer einer Tagung für geistig Behinderte, der sich mit ungezügeltem Verlangen über jede Tasse Kaffee seiner näheren und weiteren Umgebung hermacht und auf die Frage der Tagungsleiterin, was man denn jetzt einmal singen wolle, unmißverständlich antwortet: »Hwáa hu hdé húa«. Was die Tagungsleiterin als 'etwas in D–Dur' interpretiert und sofort auf ihrer Gitarre in die entsprechenden Akkorde umsetzt. »Das haben Sie falsch verstanden«, unterbricht der Betreuer des Kaffeesüchtigen ihr Gezupfe, nicht 'was in D–Dur' habe sein Schützling gefordert, sondern »zwei um zehn Uhr«. Um diese Uhrzeit gäbe es doch Frühstück, oder? Nun, und dazu wolle er zwei Tassen Kaffee.

Und dann, mitten in einer alltäglichen Situation, die ganz gewöhnlich ist und unbefangen und nichts Signifikantes an sich hat, überfällt einen unvermittelt und ohne sichtbaren Grund die Gewißheit: du gehörst nicht hierher. Danach ist jede Geste gespielt und jeder Satz gelogen, die Welt wird unverbindlich und heißt nichts mehr, und man verspürt jenes Unwohlsein, das langen Krankheiten vorausgeht.

Früher, als Kind, die Käfer, die man in Streichholzschachteln sperrte, und dann kratzte und scharrte und knisterte das völlig verrückte Tier darin herum und suchte wild und vergeblich nach einem Ausweg aus seinem Gefängnis. Und jetzt, der Sekundenzeiger der Uhr, das feine Zittern der gefangengesetzten Zeit, der Fühler unter Glas, sein zivilisiertes und gemessenes, aber durch nichts zu beruhigendes Zucken, mit dem er den Kreis unablässig nach einer Möglichkeit abtastet, hinauszugelangen.

Man sitzt mit irgendwelchen Leuten bei irgendwem herum, ein Geburtstag, eine Trennung, ein Umzug, irgendwas dieser Art, man trinkt, was es gibt, und unterhält sich lose, nichts von Belang, nichts, das die Intelligenz wachrütteln oder den Ablauf des Abends beeinflussen würde. Die Minuten vergehen ohne Grund und Beeilung, und zwischen dem einen Schluck Wein und dem anderen Satz Worte bemerkt man die Staubschicht auf den breiten Blättern der Zimmerpflanzen und verstummt vor Überdruß. Die ganze Unentschlossenheit und Schlechtgelauntheit unzähliger Sonntagnachmittage hat man da vor Augen, und die Kleinlichkeit von Menschen, die ihre Seelen auf den Kleiderbügeln im Flur hängen haben. "Geh nicht hin", rät der Engel in Jacques Préverts Gedicht vergeblich, "alles ist abgekartet."

Jedesmal, wenn Thea das Gemälde von Edward Hopper sieht, *Automat*, das Mädchen allein an dem runden Tisch im Café, und nur einen Handschuh, den linken, an, den anderen gibt es nicht, in der nackten rechten Hand eine Tasse, und der Blick, windstill, hebt sich längst nicht mehr erwartungsvoll von der Tischplatte, sobald die Tür sich öffnet: und immer, wenn Thea das sieht, dieses Mädchen mit dem einen Handschuh, muß sie an die weiße Jacke im Gepäckfach des Flugzeugs denken. Die Jacke aus weißem Mohair, die Martin so gut gefiel, daß er sie ihr gekauft hatte, am letzten Tag des Feriensprachkurses unten in Südfrankreich. Thea hatte sie auch sofort anprobiert, gleich vor dem Laden, ein wenig verlegen wegen der vorbeigehenden Leute und Martins bewunderndem Blick, und »das wußte ich«, hatte er zufrieden gesagt, »daß dir sowas steht.« Aber als sie nebeneinander im Flugzeug saßen, hatte sie gewußt, daß sie die Jacke nicht würde behalten können. Seine Frau würde am Flughafen sein und ihn abholen, wie hätte Thea ihr da mit Martins Geschenk am Leib gegenübertreten können? Sie hatte die weiche Jacke nach der Landung noch einmal heftig an sich gedrückt wie eine Katze, die sie gleich aussetzen mußte, und sie dann hoch ins Gepäckfach gelegt. Und wenn jetzt nachts ein Tier schreit, fragt sie sich, was aus ihrer zurückgelassenen Jacke geworden ist, und warum Hoppers Bild soviel Mitleid in ihr aufrührt, Mitleid mit sich selbst, und warum sie es hinnimmt, dankbar fast, wie eine Gnade, die ihr im letzten Moment zuteil geworden ist.

Im *King's Head*, dem Pub nahe der Tube–Station Angel, in dem sie die pints immer noch nach dem alten Zwölfersystem in Shilling berechnen, singt ein Senegalese Chansons von Jacques Brel. Die bunt zusammengeflickte Alte, die vor St. Paul's mit einem rotkarierten Geschirrhandtuch als Partner zwischen den Tauben Walzer tanzt. Die schwarzen Brombeeren auf den Gräbern des Highgate Cemetery, wilde, dunkelsüße Früchte, die die Verstorbenen in verschwenderischer Fülle überaus großzügig offerieren: und einmal angefangen, kann man nicht mehr aufhören, davon zu naschen, eine, eine und noch eine, man pflückt sich von Grab zu Grab und läßt sich fortreißen und ißt sich in einen Rausch hinein, und nach dem Mahl der gastfreundlichen Toten läßt man sich satt und selig ins Gras sinken und schläft ihn aus. Die Autofahrer, die so höflich und rücksichtsvoll sind wie in keiner anderen europäischen Großstadt. Das Leuchten und Glitzern der Grüns und die funkelnden Tiefen der Blaus in den alten Broschen auf dem *Jubilee Market*, wie geschliffenes, in kostbares Silber eingefaßtes Meerwasser des Südens. Ein Ire unterhält sich im *McDonald's* bei einem Cheeseburger und einer Cola angeregt über Kafkas *Strafkolonie*. Vor dem *Eastern Eye*, einem Restaurant in der Brick Lane, in dem Gerichte aus dem Himalaya serviert werden, liegt eine neue One–Pence–Münze auf dem Bürgersteig. London.

Mohnblumen, unbeherrscht rot und taktlos und als hätten sie ihre eigene Meinung, von der sie durch nichts abzubringen sind.

Egal, auf welchem Photo, in welchem Artikel, auf welchem Plattencover: Randy Weston ist immer am Lachen. Und in der *Meistersingerhalle* in Nürnberg sitzt der Jazzpianist am Klavier und macht genau das: lachen, als sei das Leben so schlecht nicht und Herzlichkeit ein Charakterzug. Er lacht nicht nur, er strahlt sie an, begeistert, väterlich, voller Stolz, seine Gruppe African Rhythm: den Saxophonisten Talib Kibwe, den Bassisten Stafford James, den Schlagzeuger Neil Clarke und die drei *Gnawa*–Musiker aus Tanger. Er lacht und läßt die Gedanken durch seine großen Hände gleiten, Töne, hart und glänzend wie Perlen, und sie fügen sich spielerisch und genau zu Ketten von Überlegungen. Und lachend läßt er es sich von dem *Gnawa*–Trio aus der

Hand nehmen, alles wird Takt und Pulsschlag und Tanz, schneller und lauter und ausschließlich, Percussion, besinnungslos lebendig, und dann schimmert wie ein feinverästeltes Nervensystem Westons Klavierspiel wieder durch das Fleisch und die Muskeln und die Raserei, und sein Lachen ist da und hält die Geier auf Abstand.

Da war er schon vierundsiebzig, der japanische Photograph Shoji Ueda, als er vor Jahren im *Fotografie Forum Frankfurt* eine Ausstellung seiner Arbeiten kommentierte. »Und hier«, sagte er, »habe ich fünf Kleiderbügel im Sand photographiert.« Auf dem Photo waren fünf Kleiderbügel im Sand. »Und hier«, sagte er, »habe ich einen Mann photographiert, der hat einen Hut auf und einen Luftballon in der Hand.« Das Photo zeigte einen Mann, der einen Hut aufhatte und in der Hand einen Luftballon hielt. »Und hier«, sagte er, »habe ich vorne ein Bein photographiert und dahinter eine weiße Mauer, auf der man drei Schatten sieht.« Und man sah vorne ein Bein und dahinter eine Mauer mit drei Schatten. Er gab keine Erklärung, lieferte keine Interpretation. Ueda beschrieb simpel und exakt das, was man sah, Bild und Wort im Verhältnis eins zu eins, und so drang das Ereignis gleichzeitig durch Auge und Ohr und nahm das Hirn mit zwei Sinnen in die Zange.

»Hab' ich dir eigentlich mal erzählt«, fragt er seine Freundin und legt die andere Seite der Platte *The Dream of the Blue*

Turtles auf, »daß ich mal eine Schildkröte hatte? Ist gar nicht so lange her. Ich hab' sie neben einer Telephonzelle gefunden, abends, und mitgenommen. Sie lief bei uns im Garten rum, dann war sie auf einmal verschwunden. Ein paar Wochen später hab' ich sie in unserem Keller entdeckt, ganz steif war sie und hat sich nicht gerührt, und auch, als ich sie hochgehoben hab', hat sie keinen Mucks von sich gegeben. Es war Januar, und der Keller war eisig, da hab' ich gedacht, sie wär' tot. Erfroren. Und weil ich neugierig war, wie sie innen aussieht, und ich dachte doch, sie wär' eh tot, und es kommt nicht mehr darauf an, da hab' ich von oben das Brotmesser geholt und versucht, sie aufzuschneiden. Unterhalb des Panzers, weißt du, rundherum. Aber sie war nicht tot. Sie war im Winterschlaf.« Seine Freundin sitzt neben dem Plattenspieler auf dem Boden und hört ihm zu. Als er fertig ist, dreht sie die Musik lauter, schlägt die Hände vors Gesicht und lacht. Er starrt sie überrascht an, bis er merkt, daß sie nicht lacht, sondern fürchterlich am Weinen ist. »Lange«, denkt er, »wird sie nicht mehr bei mir bleiben.« Und er zieht seinen Pullover aus und legt ihn ihr schützend um die Schultern.

Vor dem Gewitter, die Leere und die Stille der Straßen, die Schweißperlen, die sich drinnen an den Zimmerwänden sammeln und langsam die bleichen Tapeten hinunterrinnen. Die Dinge liegen schwer und unbrauchbar im Raum wie gesunkene Schiffe, und die Fliegen sind stehengeblieben. Es sind solche Augenblicke, in denen das Telephon klingelt und eine völlig unbekannte Stimme sagt: »Das rätst du nie ... «. Und sie hat recht, man rät es nie, »kein Wunder«, sagt die fremde Stimme, »es ist ewig her, und es waren nur ein paar Tage, drei, glaub' ich, höchstens fünf, und es hat viel geregnet, damals in Torquay ... «. Und man begreift, da hat jemand nach Jahren mal wieder seinen Schreibtisch aufgeräumt und eine alte Telephonnummer gefunden.

In den Straßen häufen sich die Verrückten und Geistesgestörten, die, denen das Leben zu schnell geht und zuviel wird und die ausrasten. Die, die vor Überforderung zusammen– oder in offenen Wahnsinn ausbrechen. Sie stehen an den Ampeln und segnen die Autos; sie stauben die Blätter eines Oleanders mit ihrem Taschentuch ab (»aber nur die ungeraden, die anderen sind selbstreinigend«); sie kauern an einer Hausmauer und diskutieren erbittert mit jemandem, der gar nicht da ist; sie bleiben plötzlich mitten auf der Straße stehen, heben den Rock und stoßen ein kollerndes Gelächter aus; sie zeichnen mit fahrigen Bewegungen Pläne zur Eroberung des Winterpalastes in die Luft. Von den täglichen Anforderungen aus der Kurve getragen und in der Gosse hängengeblieben. Das ist die eine Lesart. Möglich ist auch eine andere: Wie Insekten, die fähig sind, sich den veränderten Gegebenheiten anzupassen, haben sich die Menschen folgerichtig zu Irren entwickelt. Der zunehmende Wahnwitz der Welt produziert die Lebewesen, die ihm entsprechen.

Heimgeholt zu werden, nachdem man sich jahrelang draußen herumgetrieben hat, unerreichbar in der Freiheit verschwunden, "the world will hide me", singt Townes Van Zandt, "but she will find me", ein Kind, das die Heiterkeit und die Kerzen und die Geborgenheit ausschlägt und das Fest verläßt und in den dunklen Garten geht. Es versteckt sich zwischen den Sträuchern und den beunruhigenden Geräuschen der Nacht und will allein sein und seine Ruhe haben und wartet darauf, daß man es vermißt und nach ihm zu suchen beginnt. "And when she finds me", singt Townes Van Zandt, "she will take me home."

* *
*

Nachwort

Von Ingrid Mylo gibt es Hörspiele, Kurzgeschichten, Kinderbücher, Essays, Gedichte. (Die Hörspiele haben ihren Weg durch deutsche Rundfunksender gemacht, danach zu holländischen und italienischen; die Kinderbücher sind ins Französische, Finnische, Holländische, Englische, Italienische, Norwegische und sogar in die Sprache der Færöer übersetzt worden.) Das klingt wichtig. Aber es bedeutet ihr, alles zusammen, nicht halb so viel wie die Veröffentlichung des vorliegenden Buches. In die *Kaffeeblüten* sind die schwersten Anstrengungen gegangen, an ihnen hängen die heftigsten Herzschläge und die härtesten Kraftproben mit dem eigenen unbarmherzigen Urteil.

Strandcafé, Aufschwung, mal seh'n — das sind die Orte, in denen es beginnt, reale Orte in Frankfurt am Main. Aber es ist klar, daß eine Kneipe mit angegliedertem Kino, die zusammen *mal seh'n* heißen und neben einem Blindenheim sitzen, mehr sind als eine lokale Angelegenheit. Sie bilden eine eigenständige Galaxie aus geistigen Getränken und gemischten Gefühlen. (Der letzte Film, den wir dort sahen, hieß passenderweise *Zwischen Himmel und Hölle*.) Das *Strandcafé*, das früher zum Universum der *Kaffeeblüten* gehörte, hat dichtgemacht und einige Zeit später alkoholfrei neueröffnet. Die Freiheit vom Alkohol gehört nicht zum Universum dieses Buches. Deshalb verschwindet der Name irgendwann aus den Seiten. Im *Aufschwung*, ein Fixstern, der uns hoffentlich noch ein paar Zeitalter erhalten bleibt, bevor er verglüht, gibt es kräfteerneuernde Bratkartoffeln, gemütskühlenden Apfelwein und sinneschärfenden Marillenobstler, mit denen man jeden Unsinn im Kopf bekämpfen kann, oder füttern und gießen — *As You Like It*.

Kosmische Orte also: jeder Gast eine Welt für sich, "the best of all possible worlds", angefüllt mit absurden Unterhaltungen, schweren Heimsuchungen und einem bemerkenswerten Hang zum Selbstbetrug. Sie schwirren umeinander mit üblen Hintergedanken, drolligen Gewohnheiten und angerosteten Wunschvorstellungen, diese Weltenbürger, und wollen doch nur eins, in ihren Verquältheiten bestätigt werden und schulterklopfende Kumpane finden.

Eine Schriftstellerin, die mit solchen Vorgaben hinschaut und zuhört, hat alle Hände voll zu tun. Beobachten, bedenken, beschreiben: lachen. Und ich — weil ich das Leben mit ihr teile: vervielfache — kann das alles wie ein Tagebuch lesen. Nicht wie eins mit dem üblichen Selbstdarstellungsgetue. Hier steht nichts von: dann tat ich dies, dann passierte mir jenes, oder: schaut, was ich schon wieder gelernt habe, oder: schaut, wie schlecht die Welt zu mir ist ... . Es ist ein Tagebuch der **Verarbeitung** von Ereignissen und Ideen und Empfindungen, keine Beschwerde über das Leben, sondern seine Aneignung durch scharfsinniges Aufspüren, einfühlsames Wahrnehmen und genaues Denken. Ich sehe sie jeden Tag arbeiten, auf dem Boden, in einem Wust von Papieren, tief in die Texte eingewühlt, und für jeden Satz fordert sie Stunden um Stunden verschärften Nachdenkens, hartnäckigen Insistierens von sich, bis er vor ihren eigenhändig hochgeschraubten Ansprüchen bestehen kann.

Aber 'Tagebuch' ist ein ungenaues Wort, auch Versuche mit 'Notizen' und 'Aphorismen' führen auf falsche Fährten. Ich denke, ohne eine genaue Bezeichnung dafür zu haben, dieses Buch ist als Ganzes in einem anderen Aggregatzustand als seine Bestandteile, es ist eine eigene literarische Gattung.

Die erste Kaffeeblüte gleich geht mitten zwischen die Dinge, zwischen die Leute: erster Stich ins Wespennest. Aber die zwanzig, dreißig Folgen, die den Auftakt machten, sind noch in einem kleineren Universum angesiedelt. Später, das kann man deutlich nachlesen, wird neues Gebiet erkundet. Dieses Neuland durchstreifen wir gemeinsam. Wir ziehen unsere Kreise immer ein wenig weiter.

*

Manche der Texte sind kondensierte Erzählungen, manche destillierte Essays. Die Sätze bilden Räume, in denen sich die Dinge ereignen, Räume mit klaren Koordinaten, zwischen denen nichts verlorengeht, und nichts wird in den Sand der Beliebigkeit gesetzt. In den Details, in der Genauigkeit, in den filigranen Formulierungen steckt die ganze Welt.

Sätze, an denen man sich reiben muß, vielleicht sogar wund reiben, denn ein Buch, das einem die eigene Denk- und Lebensweise schönredet, das seine Leser auf watteweiche Gefälligkeiten bettet oder zum Spazierenwaten in Harmonie–Biotopen mitnimmt, ein solches Buch ist ein sinnloses Buch, ebenso sinnlos wie eins, das mit Lösungen und Erlösungen aufwartet, in denen das Ende aller persönlichen und gesellschaftlichen Probleme versprochen wird, um den weichgeklopften Hirnen schließlich nahezulegen, der neuen Offenbarungsgemeinschaft doch gefälligst vorbehaltlos beizutreten.

In den *Kaffeeblüten* wird keine Zuflucht angeboten. Sie betrachten die Welt und ihre Bewohner nicht unter dem Blickwinkel der Therapiebedürftigkeit, sondern als Fundgrube des Lebens. Strandgut eben. Wer das Ungeziefer fernhalten will, soll sich von Mottenkugeln ernähren, nicht von Literatur.

Von hier ist es nicht mehr weit bis zu Townes Van Zandt, dessen unruhiger Geist sich mit fortschreitenden Zeiten und Seiten immer häufiger in den Zeilen manifestiert. Und auch er: ein Weltall für sich, ein Ort, eine Zeit mit elf Dimensionen. Ein Mann aus Texas, der Gedichte schreibt und Lieder daraus macht. Er sagt, die meisten begeisterten Zuschriften bekommt er aus Nervenheilanstalten, aus Irrenhäusern. Vielleicht, weil das Verrücktwerden doch nicht aus allem heraushilft, vielleicht, weil er angegangen ist, was den Irregewordenen nicht gelingen will: die Demontage der Selbsttäuschung. Er beschreibt sie und besingt sie und betreibt sie so manisch und erbarmungslos, daß es nie wieder eine Rückkehr zu Erlösungsphantasien geben kann. Es gibt kein Entkommen.

An einigen Stellen in den *Kaffeeblüten*, auch wenn sie Blüten heißen und damit etwas Versöhnendes andeuten, wird einem das unmißverständlich klargemacht.

Ich kenne nur die eine Methode, wenigstens manchmal zu ein wenig Ruhe zu kommen, die auch Elias Canetti gekannt hat: "Das äußere Gehaben von Menschen ist so vieldeutig, daß man sich nur geben muß, wie man ist, um völlig unerkannt und verborgen zu leben."

*

Die Photos sind nicht in den Text integriert, sie stehen für sich selbst, sind als eigenständige 'Texte' gesetzt. Sie versuchen keine Konstruktionen von Realität und sind auch keine einfältigen Abbilder, die sich damit begnügen, sich mit der Oberfläche der Realität zu arrangieren. Wir sind für diese Photos nach Paris gefahren und haben sie aus Frank Horvats Archiv ausgesucht. (Eine Arbeit, die uns und ihm großen Spaß gemacht hat.) Es sind Miniaturen wie die *Kaffeeblüten*, deren genauen Blick sie auf ihre eigene Weise ansetzen, Bilder, die aus dem Augenblick das Exemplarische herausfiltern — Beiträge zur Archäologie des Alltagslebens. Oder etwas Drohendes aufspüren, was nicht sofort sichtbar ist, aber dann erscheint es doch klar und deutlich, wie auf dem Photo auf Seite 127: Die schwarze Figur im Vordergrund sieht aus wie ein mittelalterlicher Tod. Nach gründlicher Beobachtung dieses Jahrhunderts ist er zu dem Ergebnis gekommen, daß die Handfeuerwaffen die Pest der Neuzeit sind, die Stelle, an der für ihn die leichteste Beute zu machen ist. In der Gestalt eines Bettlers, von kindlichem Wuchs, im Narrenkostüm mit zerschlissenem, in spitzen Fetzen herabfallendem Umhang, enger Strumpfhose und zu großen Schuhen wartet er auf dem

Bürgersteig vor dem Waffengeschäft auf seinen nächsten Kunden. Niemand erkennt ihn ... nur ein Bettler in Calcutta, 1962.

*

Die *Kaffeeblüten* sind hier erstmalig in einem Buch versammelt. Die in Frankfurt erscheinende Zeitschrift *Strandgut*, deren Gründer und Herausgeber Kurt Otterbacher das Vorwort geschrieben hat, veröffentlicht seit 1989 jeden Monat eine Folge mit jeweils 11 Texten. Dieser schöne Brauch, daß Zeitungen oder Zeitschriften einer fähigen Schriftstellerin die Möglichkeit bieten, regelmäßig und stetig ihre Arbeit vorzulegen, ist leider im Aussterben begriffen. Ohne *Strandgut*, auf dessen Seiten die *Kaffeeblüten* es zu einer eigenen Art von Berühmtheit gebracht haben, gäbe es das vorliegende Buch nicht.

Dieses Wort 'Strandgut' ist ein Schlüssel, der die Texte aufschließt. Strandgut erzählt — wenn man in den angeschwemmten Schätzen zu lesen versteht — Geschichten von schwerem Seegang, von unausweichlichen Havarien, von achtlos über Bord geworfenen Dingen, oder auch von den schaurigen Umtrieben heimtückischer Gespenster, einfach: vom Abenteuer des Lebens. Auf solches Abenteuer war ich bei der Verwandlung der Zeitschriftentexte zu einem Buch aus und habe mich dabei auf meinen subversiven Verstand, meine indianische Spürnase und meine in vielen Widerstandskämpfen erworbene und erprobte Charakterfestigkeit verlassen. Das muß als Rechtfertigung für meine Zusammensetzung der Texte ausreichen, denn verbindliche oder prinzipielle Auswahlkriterien, wie sie von feingeistigen Akademikern oder schüchternen Dichtkunstverehrern gepflegt werden, kann ich, um bei der ehrenhaften Wahrheit zu bleiben, nicht vorweisen.

Und selbstverständlich haben wir dieses Buch gemeinsam gemacht. Aber auch das gehört sich ja nicht, daß der Herausgeber sich auf die Autorin herausredet. Wenn also etwas nicht stimmt mit der Auswahl: es ist alles mein Fehler.

Zum Schluß noch die Auflösung der rätselhaften Buchstabenkombination auf Seite 93. Weil mich die Vorstellung beunruhigt, wie fast alle Leserinnen und Leser hilflos dasitzen und herumüberlegen werden, was denn diese türkische Frage bedeutet (daß es Türkisch ist, muß man schon erkennen), und denken: erkundige ich mich doch einfach bei einem Türken, dann: kenne ich denn überhaupt einen Türken, und höchstwahrscheinlich kennt niemand einen, darum sei hier verraten, was es heißt: »Entschuldigen Sie, ist hier Selbstbedienung?«

Felix Hofmann

Verzeichnis der Photographien

Personenregister